MANUAL DE TERAPIA FELINA

colección andanzas

Obras de Joaquín Berges en Tusquets Editores

ANDANZAS

El club de los estrellados

Vive como puedas

Un estado del malestar

La línea invisible del horizonte

Nadie es perfecto

Una sola palabra

Los Desertores

Peregrinas

Ganas de vivir

Manual de terapia felina

JOAQUÍN BERGES
MANUAL DE TERAPIA FELINA

TUSQUETS
EDITORES

1.ª edición: febrero de 2026

Diseño de la colección: Guillemot-Navares
Reservados todos los derechos de esta edición para
Tusquets Editores, S.A. – Av. Diagonal, 662-664 – 08034 Barcelona
www.tusquetseditores.com
ISBN: 978-84-1107-734-7
Depósito legal: B. 120-2026
Fotocomposición: Realización Tusquets Editores
Impresión y encuadernación: Unigraf, S.L.
Impreso en España

Dios hizo el gato para ofrecer al hombre el placer de acariciar un tigre.

Dicho atribuido a Victor Hugo

He vivido con varios maestros Zen, todos ellos gatos.

Eckhart Tolle

Mi gato me enseñó que él era lo que él era, y no lo que yo quería que él fuera. Me enseñó la fidelidad a mí mismo.

Alejandro Jodorowsky

El tiempo pasado con gatos nunca es tiempo perdido.

Sigmund Freud

a Bux
a Marcos
a Miguel

a *Rodolfo, Benito, Lucas, Peluchín, Anselmo, Carita* y el pequeño *Mimo,* los gatos de mi vida

Índice

Mi negocio

Cuando llegué a casa, *Mismís* me esperaba con la fingida indolencia que se usa para castigar a los desertores. Se limitó a mirarme un segundo desde el brazo del sofá y continuó dormitando. Una de las diferencias que hay entre los perros y los gatos es que los primeros no son rencorosos. Cuando aparece su amo, se olvidan de todo con esa empatía a la vez generosa y gratuita que los convierte en seres dependientes, verdaderos candidatos a ocupar el diván de un psicólogo, como cualquier criatura que dependa de otra. Por esa razón, tengo un gato como mascota. Seres dependientes me sobran. Acuden cada día a mi consulta y me cuentan su grado de dependencia de otra persona, sentimiento, recuerdo, remordimiento o sustancia determinada.

Aquella noche hice dos tortillas a la francesa, una de ellas con queso, y me senté en el sofá, frente al televisor. *Mismís* no tardó en acercarse para tomar su tortilla, la que no llevaba queso. Cenamos en silencio, cada uno comiendo de su plato, uno con cubiertos, el otro no. Después se subió a mi regazo para ofrecerme su calor. Y reclamar el mío. La relación entre un humano y un felino se basa en la temperatura: es una relación térmica. Por último, me miró a los ojos y comenzó a ronronear.

No todos los gatos cenan tortilla a la francesa. Si *Mismís* lo hace es porque en cierta ocasión llegué a casa tarde y no tuve otra cosa que ofrecerle. *Él* me recibió maullando, lo cual me extrañó porque, como la mayoría de los gatos, *Mismís* adora el silencio, pero aquella noche estaba hambriento y reclamaba su comida. El comedero estaba vacío, y el saco del pienso también, de modo que abrí el frigorífico con la esperanza de encontrar algo que ofrecerle. Mi desolación fue equivalente a la imagen del frigorífico abierto, el vacío iluminado con su luz interior. Solo había unas latas de refrescos, medio limón y un par de yogures. Y dos huevos en lo alto de la puerta.

—Solo puedo ofrecerte un huevo —le dije a *Mismís*.

Él me miró fijamente, como si en realidad quisiera los dos huevos. No sabía el tiempo que llevaban aquellos huevos en casa, así que no me atreví a darle el suyo crudo. Preferí hacer dos tortillas a la francesa, una para cada uno. Desde entonces *Mismís* se acerca al frigorífico a la hora de cenar para reclamar su tortilla. Una vez se la hice con queso y la rechazó. Otra vez le añadí unas finas hierbas y también la rechazó. A *Mismís* le gusta la tortilla sola, poco hecha, cortada en trozos con un tenedor. Se la sirvo en su plato cuando todavía está caliente y me quedo a su lado en silencio hasta que se la acaba. Soy como uno de esos camareros serviciales y amistosos que conocen el gusto de su clientela y saben cuándo deben hablar y cuándo limitarse a escuchar.

En cierta ocasión, me visitó una paciente para hablarme de los problemas que le ocasionaba su negocio.

—Siempre he trabajado en un bar —dijo a modo de currículum—. Comencé poniendo copas los viernes y los sábados por la noche en un local del casco viejo. Era una buena manera de ganar dinero para pagarme los estudios. Trabajaba de diez de la noche a cuatro de la mañana. A veces un poco más. Tenía Seguridad Social y vacaciones. De allí pasé a un local más grande y empecé a trabajar también los jueves y los domingos. Apenas me quedaba tiempo para estudiar. Se supone que trabajaba para pagarme unos estudios que me permitieran acceder al mercado laboral, pero ya ganaba más dinero que la mayoría de mis amigas. Y lo hacía empleando solo cuatro noches a la semana. No es extraño que dejara los estudios y comenzara a ahorrar con la intención de abrir mi propio negocio. Me hice amiga de otra camarera y decidimos montar algo juntas.

Escribí la siguiente nota: «Mujer hecha a sí misma, candidata a abrir su propia franquicia». Ella continuó hablando.

—Acondicionamos un antiguo taller de zapatería muy bien situado, cerca de la plaza de la Herradura. El precio del alquiler era razonable. Conservamos un pequeño mostrador, varias estanterías con baldas y cajones y algunas antiguallas del taller. Lo llamamos La Zapatería.

«Muy propiamente.»

—A mi socia no le gustó el nombre, pero no propuso una alternativa mejor. Abríamos a las seis de la tarde para servir las primeras cervezas y cerrábamos a las cuatro de la mañana con las últimas copas. Todo de miércoles a domingo. Los lunes y los martes se convirtieron en nuestro fin de semana. Era una vida nocturna que nos permitía vivir cómodamente. Teníamos una clientela fija, buena cerveza de importación y los mejores licores. Nunca dimos garrafón. Tampoco fuimos las más baratas de la zona. Jamás servimos nada de comer. No teníamos ni una bolsa de cacahuetes, pero siempre había buena música y un olor a betún que lo impregnaba todo. ¿Le gustan los olores fuertes?

La había dejado hablar mientras seguía tomando notas sueltas. «Autosuficiente. Ególatra y algo intolerante. La Zapatería huele a betún. No ir allí si se está hambriento.» Todavía no habíamos llegado al problema.

—¿Qué clase de olores fuertes? —pregunté.

—La gasolina, el betún, la pintura, el pegamento, el cuero, la resina, el humo, el lodo, el pescado, el sudor... A mí siempre me han gustado los olores fuertes. Quizá por eso odio los perfumes.

Asentí con la cabeza sin terminar de comprenderla.

—En La Zapatería siempre olía a betún —concluyó—. Es un olor adictivo. Un aroma que reconforta y tranquiliza a la vez. Nos conduce al pasado, porque todos hemos ido alguna vez a un taller de zapatería siendo niños. Yo iba con mi abuela. Ella me crio.

«Fue malcriada por su abuela.»

—En aquellos tiempos se cambiaban las suelas de los zapatos. Y los tacones. ¿Se acuerda usted? Los zapatos eran un bien de consumo valioso y caro. Ahora son tan baratos y abundantes que pueden comprarse en los supermercados y en los bazares chinos, como si fueran objetos de usar y tirar. Ya no se arreglan cuando se rompen: directamente se tiran a la basura. El oficio de zapatero ha desaparecido del mapa laboral. Muchos oficios han desaparecido por culpa de las cosas baratas y abundantes.

Asentí mientras anotaba: «Le gusta escuchar sus propias ocurrencias. ¿A quién no?».

—Nuestra clientela era fiel por eso mismo —añadió después de un corto suspiro—. El olor a betún atraía a los clientes con sus poderes mágicos. A mi socia por el contrario la ponía enferma.

—No puedo soportarlo —decía—. Tengo que deshacerme de ese olor.

—Trató de neutralizarlo con ambientadores de pino, limón y lavanda. Encendió varitas de incienso. Instaló unos difusores automáticos. Llegó a tener un bote de aguarrás abierto detrás de la barra, pero nunca logró acabar con el olor del betún. Era una cuestión de tiempo. El local había sido durante más de setenta años un taller de zapatería. No era fácil acabar con el recuerdo de tantos años. Natalia no lo veía así.

Hizo una pausa para que pudiera anotar el nombre de su socia, como si eso fuera importante. «Natalia, socia.»

—Ella creía que el olor del betún permanecía en la estancia por haber llamado al bar La Zapatería.

—Tendríamos que haberlo llamado de otra forma —dijo antes de venderme su mitad del negocio y marcharse—. Los nombres lo corrompen todo.

—Eso dijo. Yo traté de hacerla razonar.

—Nat —le dije.

Me miró un momento antes de proseguir.

—Convertimos nuestros nombres en monosílabos para abreviar —me explicó, innecesariamente—. Los monosílabos son una de las mayores virtudes de nuestro idioma. Ahorran tiempo y economizan recursos lingüísticos. No comprendo cómo la fonética histórica no ha convertido todas las palabras en monosilábicas a lo largo de los siglos.

«Frase para mi colección.»

—Nat —le dije—, razona. ¿Qué importa cómo se llame el local? El olor del betún está impregnado en las paredes, en el techo, en el suelo. ¿Crees que olería de otro modo si lo hubiéramos llamado La Verdulería o La Pescadería?

—Ella negó con la cabeza y dijo:

—Creo que las cosas huelen a lo que huelen porque se llaman como se llaman.

También anoté esa frase. Era de una simplicidad tan adictiva o más que el olor del betún.

—Nat no supo, no pudo razonar.

—No soporto este olor, Tri —me dijo.

«¿Tri?»

—Será mejor que arreglemos los papeles y te quedes con mi parte del negocio.

—Me dejó de una pieza.

—¿No crees que estás exagerando un poco? —le dije—. ¿Quieres que pintemos las paredes y el techo? ¿Quieres que cambiemos el suelo del local?

»Ella me miró fijamente.

—Quiero que cambiemos el nombre del bar —dijo en un susurro, como si estuviera desvelando un secreto inconfesable.

—No podemos hacer eso —contesté—. Despistaríamos a la clientela, la perderíamos. Todo el mundo nos conoce por nuestro nombre y sabe quiénes somos.

»Ella volvió a negar.

—Lo que todo el mundo sabe es que en La Zapatería huele a betún.

—¿Y eso es un problema? ¿Qué insinúas? ¿Que la gente viene atraída por el olor del local?

Anoté esto en mi cuaderno: «Si La Zapatería huele a betún y los clientes acuden atraídos por ese olor, ¿qué importa cómo se llame? Podría llamarse La Carnicería y los atraería igualmente. Los nombres no tienen nada que ver con los olores de las cosas que representan». Luego, más tarde, cuando Tri ya se había marchado, añadí otra nota: «¿Realmente los nombres no tienen nada que ver con los olores de las cosas que representan?».

Mi paciente, Trinidad, Tri para Natalia, Nat, volvió a la semana siguiente.

—El banco me concedió un crédito para comprar la parte del negocio de Natalia —dijo—. Desde entonces el cien por cien de La Zapatería me pertenece. Durante un tiempo mantuve los horarios y la misma forma de trabajar que siempre. Luego contraté a otra camarera para suplir la ausencia de Nat. Se llama Pi. A ella se le ocurrió la idea de dedicar una parte del negocio a zona comercial.

Hizo una pausa con pretensiones significativas que yo aproveché para tomar una nota a vuelapluma, solo para demostrar que mantenía el interés. «Pi puede ser

Pilar, Pía, Piedad o el diminutivo de Penélope pronunciado en inglés.»

—El local era lo suficientemente grande como para convertir unos metros cuadrados en una especie de *boutique*. Parecía una buena idea. Podría conseguir más ingresos justo cuando, además de los gastos habituales, tenía que pagar el préstamo que había pedido al banco, de modo que acepté la idea de Pi. Se llama Pilar, pero la llamo Pi.

Anoté en mi cuaderno: «La relación entre la longitud de una circunferencia y su diámetro en geometría euclidiana».

—La madre de Pi conoció a su marido en las fiestas de San Juan, en Alicante.

Miré a mi paciente con cara de «Por lo que más quieras, Tri, no te salgas del tema», pero ella no pareció entenderme.

—No sé si conoce usted esas fiestas —dijo a modo de pregunta.

Respondí que no.

—Es un conjunto de verbenas al aire libre, en cada calle una, en cada peña, en cada barrio, un montón de escenarios haciendo música a la vez. La madre de Pi cantaba en una orquesta de Zaragoza. Se llamaba Ritmo de Noche y estaba compuesta por tres cantantes, seis músicos, dos montadores y un representante.

Asentí muy despacio, como diciendo: «Por favor, no entres en detalles biográficos de ninguno de ellos».

Negué y tomé mentalmente nota de buscarlos en internet para conocer los detalles de su actividad industrial, además de interesarme por sus monumentos principales, el gentilicio con que son conocidos sus habitantes y las fechas en que se celebran sus fiestas mayores.

—Con el tiempo, el padre de Pi abrió más tiendas en otras ciudades. Creó una especie de red para comercializar el producto familiar. Por eso Pi me propuso dedicar una parte del bar a la venta de zapatos, porque aquí no hay ninguna sucursal de Zapatos de Elda.

Guardó silencio, aunque esta vez no me pareció ofensivo. Simplemente no tenía nada más que decir. Cuando se marchó, tomé la siguiente nota: «¿Qué es antes: un olor o un nombre?». Me habría gustado saber si las cosas dependen de los olores o de los nombres. Y hasta qué punto determina un nombre el destino de un negocio o una persona.

Mi paciente tardó una semana interminable en regresar a la consulta.

—Comenzamos a vender zapatos —dijo en cuanto se sentó frente a mí—. A mis clientes les gustaba tomar una cerveza mientras se probaban unos zapatos de Elda. Algunos eran verdaderas obras de arte y yo misma me compré varios pares. El negocio fue tan próspero que pronto le asignamos más espacio, eliminando una zona con tres mesas que nunca había funcionado muy bien. Allí instalamos unos expositores, unos bancos y unos espejos a la altura de los pies. Con los ingresos de los zapatos empecé a amortizar el préstamo del banco y no tardé en seguir ampliando la zona de ventas. Tuve que deshacerme de unos cuantos metros de la barra del bar, lo cual me obligó a despedir a una de las camareras. A cambio, contraté a una dependienta. También modifiqué los horarios. Comenzamos a abrir a las cinco de la tarde de lunes a sábado. Y también algunas mañanas. Los domingos guardamos fiesta. Pi trabajaba a tiempo completo en la tienda, junto con dos chicas que contraté para completar los turnos de mañana y tarde.

«Qué caso más interesante para un *Master in Business Administration.*»

—Me quedé sola en la zona del bar —añadió—. Para entonces, la barra no ocupaba más que una esquina del local. Dejamos de servir copas y comenzamos a cerrar a las nueve de la noche. Ya solo servíamos refrescos y cervezas. Posteriormente retiramos los grifos de cerveza y en la actualidad solo tenemos una cafetera para que los clientes puedan tomar algo caliente mientras se prueban los zapatos.

Nos quedamos mirando uno al otro por espacio de unos segundos. Ella parecía haber terminado su confesión.

—No comprendo dónde está el problema —dije carraspeando una sola vez—. Su negocio comenzó siendo una local de copas y fue transformándose en otra cosa. Supongo que es algo que sucede a menudo. No encuentro nada patológico en lo que me cuenta ni desde el punto de vista psicológico ni tampoco desde el mercantil.

Ella elevó un dedo.

—¿Por qué? —dijo.

—¿Por qué qué? —respondí yo.

—¿Por qué el bar se transformó en una zapatería?

Estuve a punto de recordarle que todo había comenzado cuando Pi le propuso vender los zapatos de su familia paterna, pero permanecí en silencio. Tenía razón. Todo había comenzado mucho antes. El asunto requería un análisis más profundo y exhaustivo, aunque no estaba seguro de si yo era la persona indicada para llevarlo a cabo. Entonces, hice algo que no suelo hacer. Me quedé mirando fijamente a mi derecha, donde está colgado mi título universitario, junto con el resto de mis credenciales profesionales.

Leí con suma atención tres palabras: mi nombre y mis apellidos.

Mi chica

Cuando *Mismís* llegó a casa era un cachorro sin nombre. Como íbamos a vivir los dos solos, no sentí la necesidad de llamarlo de ninguna manera. *Él* era el felino y yo el humano, no había confusión posible, pero luego comprendí que las cosas que no tienen nombre no existen e inmediatamente hice una lista de posibilidades. Al principio, anoté nombres de mascotas como *Bola, Tigre* o *Peluche,* luego pasé a nombres de persona, como *Benito, Lucas* o *Anselmo,* y finalmente a palabras inventadas, como *Pip, Tuco, Milo* o *Gogi.*

No tardé en rechazarlos todos. Si los nombres consiguen que las cosas existan es porque contienen un mínimo de su significado, pensé. Y me dediqué a observar al cachorro sin nombre durante días, viendo cómo elegía su rincón favorito para dormitar, su pared para limarse las uñas, su juguete ideal para entretenerse, su ventana para tomar el sol, su sitio en el sofá y su pienso preferido. Era un animal tan suyo que lada que cabía en un balde de plástico. Nos saludamos con un gesto. Así. —Elevó el mentón y arqueó las cejas, como si me estuviera saludando—. No dijimos ni una palabra. Yo seguí fumando y ella comenzó a tender su ropa interior. Ya sé que parece un poco ridículo, pero la ropa interior me produce un pudor inevitable y Paloma estaba tendiendo unas prendas muy delicadas.

«En efecto, parece un poco ridículo.»

—Al día siguiente me aposté junto a la ventana hasta que Paloma las recogió.

> —¿Tienes un cigarrillo? —me preguntó después de saludarme.

—Le mostré el paquete y ella abrió las manos. Se lo lancé con el mechero dentro. Encendió el cigarrillo y dio una de esas caladas que denotan la ansiedad por fumar.

> —Mi padre no me deja hacerlo —confesó.

—Luego frunció el ceño.

> —¿Qué haces en casa? —me preguntó—. Hace días que te siento ahí debajo, ¿ya han acabado las clases?
>
> —He dejado los estudios —respondí mirando al infinito, como quien dice algo importante por primera vez en su vida.

—Ella dio otra calada al cigarrillo y estiró los labios sin sonreír.

> —Yo los dejé hace tiempo —dijo.

—Sabía que trabajaba en un supermercado, en turnos de mañana y tarde. Esa semana iba de tardes. No hablamos mucho más, pero al devolverme el paquete de tabaco ocurrió algo.

—¿Qué ocurrió?

—El paquete cayó a un patio de luces que hay en la planta calle. Es más fácil lanzar los objetos hacia arriba que hacia abajo —dijo asintiendo, como si estuviera enunciando una nueva ley de la gravedad.

> —No te preocupes —me apresuré a decirle a Paloma—. Tengo otro paquete.

—Al día siguiente pasé mucho rato asomado a la ventana de mi habitación, pero no la vi en toda la mañana. Por la tarde sonó el timbre.

> —Ten —me dijo.

—Me traía dos paquetes de tabaco.

> —Los acepto si te fumas un cigarrillo conmigo —le dije.

—Ella me acompañó al salón, donde compartimos una cerveza y un par de cigarrillos. Hablamos de nuestras rutinas, de nuestros proyectos y de nuestros sueños. Le confesé mi intención de matricularme en la Escuela de Bellas Artes para desarrollar mi pasión por el dibujo. Ella me contó detalles de su vida laboral. Sin darnos cuenta comenzamos una relación de amistad que fue consolidándose poco a poco. Todos los días pasaba a verme. Fumábamos y bebíamos cerveza. Un día, se interesó por mis dibujos.

> —No puedo conocerte del todo si no veo lo que dibujas —dijo.

—Fue un argumento muy convincente. Le enseñé mis láminas pintadas al carboncillo, entre las que había varias que representaban a mujeres tumbadas en la cama en ropa interior. Paloma se extrañó al verlas.

—¿Y esto? —dijo.

—Eres tú —respondí sin dudar.

—Y le recordé el día en que la había visto tender la colada. Ella se quedó pensativa, dudando entre sentirse violentada o halagada. Se había convertido a la vez en una víctima y una musa del fetichismo de su vecino de abajo.

—Si quieres dibujarme de verdad —dijo sin dejar de mirar los dibujos—, tendré que posar para ti.

—Y eso fue lo que hizo a partir de entonces.

«Esto promete.»

—Todos los días, bien por la mañana o por la tarde, se desnudaba para que yo pudiera dibujarla. Hice cientos de dibujos al carboncillo y mientras los hacía me fui enamorando de ella, de su perfil, de sus sombras. De su volumen. —Hizo una pausa para dar importancia a lo que iba a decir—. El volumen provoca el deseo. Si solo tuviéramos dos dimensiones, no resultaríamos deseables. Quizá por eso, después de cada sesión de dibujo hacíamos el amor.

«¿Qué forma de razonar es esa? ¿Hacían el amor porque ambos tenían tres dimensiones?», anoté mientras él continuaba hablando.

—Debajo de cada dibujo escribía su nombre, Paloma Ruiz, como si la firma de la modelo fuera más importante que la del autor. —Negó con la cabeza—. Creo que nunca he escrito tantas veces un nombre que no fuera el mío. Era capaz de escribirlo de un solo trazo, sin levantar la mano del papel ni siquiera para separar el nombre del apellido. Ella decía que ese trazo le gustaba más que su propia firma y me pidió permiso para comenzar a firmar así. Después del verano me matriculé en la Escuela de Bellas Artes y continuamos viéndonos, especialmente por las tardes. Las clases eran por la mañana, pero a veces me las saltaba para dibujar a Paloma.

«No estoy seguro de si faltar a una clase de arte para hacer un dibujo sea saltársela», anoté.

—Era una vida plena —resumió—. Yo admiraba sus perfiles y ella mi arte para dibujarlos. O, dicho de otro modo, yo admiraba sus tres dimensiones y ella mi capacidad para convertirlas en dos. Todas las semanas eran idénticas. No había lunes ni jueves. No había fines de semana. Ni estaciones. El tiempo era un largo acontecimiento que iba transcurriendo con la deliciosa vocación de durar eternamente.

Hizo una pausa para mirarme.

—Hasta que todo terminó —dijo, chasqueando dos dedos—. Las cosas son así. Parecen infinitas, pero al final se acaban, dejándonos en la memoria una inevitable sensación de fugacidad, como si todo lo vivido pudiera concentrarse en un solo segundo.

«La duración infinita de un solo segundo», anoté pensando en un posible título para una novela romántica.

—Paloma comenzó a salir con un encargado del supermercado —añadió él, suspirando—. Era un tipo con un buen sueldo y un piso en propiedad. Creo que eso fue determinante, porque ella estaba harta de vivir en casa de su padre, sola, yendo a trabajar y viéndose conmigo a escondidas. Nunca fuimos una verdadera pareja, sino más bien dos tipos solitarios que cubrían sus necesidades de compañía.

—¿Y qué otra cosa es una pareja? —pregunté.

—No sé —respondió él distraídamente—. Yo no era más que un estudiante de Arte. No ganaba dinero ni podía ofrecerle a Paloma nada que no pudiera dibujarse en un papel. Aquel tipo, en cambio, podía ofrecerle una vida nueva.

«Una vida nueva también puede dibujarse en un papel», anoté. «No olvide que el dinero no es más que un papel con dibujos.»

—Paloma dejó de posar para mí y todo lo que pude hacer fue retocar sus dibujos, añadiendo una línea, difuminando una sombra o repasando un perfil. Era algo que me excitaba mucho, como si estuviera acariciando el volumen de Paloma. También repasaba el trazo continuo de su nombre. A veces lo hacía sin lápiz ni papel, escribiendo en el aire, igual que si lo pronunciara sin voz, solo moviendo los labios.

Hizo una nueva pausa para que transcurriera el tiempo narrativo.

—Terminé mis estudios y comencé a trabajar en diseño gráfico —dijo—. Me dediqué a hacer logotipos para empresas, dibujos para carteles publicitarios y patrones para tatuajes. Unos amigos habían abierto un taller de tatuajes y necesitaban diseños personalizados para su clientela. Me gustaba trabajar para ellos porque me trataban como a un artista de verdad. La piel es una excelente sala de exposiciones. Es lisa, ancha, se mueve, se dobla, se encoge y se estira como un lienzo de goma. Comencé a ganar dinero, el suficiente para comprarme un piso y abandonar el de mis padres. Fue entonces cuando me propuse compartir mi vida con alguien.

«Este sujeto no comprende las relaciones de pareja en pisos de alquiler», anoté.

—Comencé a buscar pareja en la guía de teléfonos —dijo él.

—¿Cómo dice? —le interrumpí—. ¿En la guía de teléfonos?

Él asintió.

—Fue más difícil de lo que creía. La guía de teléfonos solo es útil para buscar apellidos como Sandemetrio, Pruñonosa o Ariztimuño, pero si te apellidas Ruiz no vale para nada.

«No te digo si encima no tienes teléfono», precisé.

—Ruiz es un apellido muy común, junto con García y González. Había quince páginas dedicadas a per-

Yo anoté un posible título para un ensayo o una conferencia: «La genética de los nombres propios». Él se recostó en el asiento y suspiró.

—Ha pasado el tiempo y he vuelto a dibujar —añadió, trazando con la mano una curva en el aire—. Dibujo el cuerpo de Paloma con su nombre debajo, escrito en un solo trazo. He vuelto a enamorarme. Paloma viene a mi casa todas las tardes, después de salir de clase. Posa para mí y luego se queda mirando sus retratos mucho rato, embobada al ver sus perfiles convertidos en trazos de carboncillo.

—Entiendo —comenté yo—, lo de las tres dimensiones y las dos, ¿no?

—Esta vez creo que es más un tema cromático —repuso él—, porque esta Paloma es rubia, tiene los ojos azules y los labios rojos. Y en mis dibujos se ve en blanco y negro, como si fuera la sombra de sí misma.

Se quedó asintiendo en silencio, como si ya me lo hubiera contado todo.

—¿Es usted feliz? —pregunté yo sin mirarlo.

—Mucho, sí —respondió él—. Estamos pensando en vivir juntos y puede que un día formemos una familia.

—Me alegro —dije.

Y lo miré con cejas inquietas para hacerle comprender que no estábamos en mi consulta para intercambiar cortesías.

—El problema es que la otra Paloma, mi vecina de

arriba, ha vuelto a mi vida —confesó él en voz baja—. La relación con su compañero de trabajo no funcionó y lo dejaron hace tiempo. Así me lo dijo el otro día, cuando vino a hacerme una visita.

Abrió las manos y las cerró, inspiró y espiró, cruzó una pierna sobre la otra. Se rascó la frente.

—No sé qué hacer —dijo.

«Ya lo veo.»

—La anterior Paloma dice que todavía siente algo por mí, lo mismo que mi actual Paloma. Ambas son la misma mujer desde el punto de vista formal, aunque sus dibujos no se parezcan en nada, de modo que no me siento culpable al dibujarlas primero y acostarme con ellas después. Lo que temo es que una vea los dibujos de la otra. La anterior Paloma viene a verme por las mañanas. La actual Paloma por las tardes. No sé qué pasaría si un día se encontraran.

«Es algo que podría suceder a mediodía», anoté antes de decir:

—Pero usted no se siente culpable.

—Me siento atemorizado —respondió él.

—Dígame por qué —pregunté.

—Hasta ahora creía que solo podía amar a una sola mujer —contestó—, pero desde que la anterior Paloma ha vuelto a mi vida, he comprendido que puedo llegar a enamorarme de cualquier mujer que se llame Paloma Ruiz.

Asentí.

—¿Cuántas Paloma Ruiz hay en el mundo? —exclamó—. ¿Doscientas, trescientas, mil? Solo es cuestión de tiempo que me encuentre con alguna otra.

—¿Y eso le atemoriza? —pregunté.

Él se levantó de la silla.

—Póngase en mi lugar —dijo—. Imagínese que le digo que hay mil personas en el mundo de las que podría enamorarse. ¿Se sentiría tranquilo?

—Me sentiría esperanzado —respondí.

—Dígalo como quiera —concluyó él—: la esperanza no es más que una forma de inquietud.

Mi tripofilia

Mismís es de color ceniza y tiene rayas oscuras recorriendo su cuerpo. Se mueve con elegancia felina, distribuyendo su masa corporal entre las patas como si no pesara ni un gramo. Su vista es aguda tanto por el día como por la noche, cuando las pupilas crecen hasta ocupar todo el ojo y lo hacen parecer un peluche inanimado. Tiene agudos reflejos. Es capaz de cazar una mosca de un manotazo. Nunca se cae ni tropieza. Lleva calcetines blancos en las patas y una cola que sabe engordar y arquear cuando se asusta o cuando jugamos al escondite y acaba saltando sobre mis piernas para demostrar que me ha encontrado. Su barriga está llena de manchas negras, tantas que a veces me parece que estoy acariciando la piel de un guepardo o un tigre. Son manchas que cambian de tamaño, juntándose o separándose, según la postura que adopte el cuerpo de *Mismís*.

A mí me gusta ver cómo se mueven, pero mucha gente siente aversión por los patrones geométricos formados por manchas, puntos u orificios muy próximos. Es un rasgo de nuestra memoria filogenética. Relacionamos esas manchas con algún tipo de peligro: una trampa, un veneno, un enemigo. Y esto es así porque muchos animales venenosos, como el pez globo, la rana dardo o el pulpo de anillos azules, tienen el cuerpo lleno de manchas, ocelos y otras formas geométricas.

Hace tiempo atendí a un paciente con una curiosa adicción.

—Cuando era pequeño, mi madre me llevó a una guardería donde había un tesoro que solo conocía yo —dijo el primer día que vino a mi consulta.

—¿Qué clase de tesoro?

—Una alfombra.

«¿Una alfombra mágica?»

—Una alfombra redonda. Un círculo hecho de un tejido vasto y rugoso, cuyos nudos se clavaban en la piel. La primera vez que, después de haber estado un rato sobre ella, mis rodillas se llenaron de agujeros, me asusté. Creí que me había atacado un organismo microscópico o que me había picado un insecto. No tardé en darme cuenta de que solo era el negativo de la alfombra grabado en la piel de mis rodillas. ¿Sabe a qué me refiero? Si permanecía en la alfombra durante unos minutos, los nudos que la formaban se imprimían en mis rodillas, las palmas de mis manos o mis antebrazos. Una vez me quedé dormido sobre la alfombra y los nudos se marcaron en mi mejilla. A mi madre le pareció que llevaba puesta una máscara en la mitad del rostro.

«¿Más como el Fantasma de la Ópera o en plan Batman?»

—Pasé años sin acordarme de aquella alfombra. Volvió a mi memoria un día de verano, cuando mi hermana se levantó con las piernas llenas de círculos de la silla donde había estado sentada, como si tuviera burbujas en la piel. Sucedió en el ambigú del parque, un lugar al que mis padres nos llevaban habitualmente los sábados por la tarde.

> —La silla se te ha clavado en las piernas, Carmina —le dijeron a mi hermana.

—Y ella.

> —A ver, a ver, quiero verlo.

—Volvía la cabeza y el torso, tratando de ver una parte de su anatomía inaccesible para sus ojos sin la ayuda de un espejo. Cuando llegamos a casa, apenas le quedaban círculos. Recordé la alfombra redonda de la guardería y me puse a buscar algo que estuviera compuesto de un tejido parecido. Lo más rugoso que teníamos en casa era el felpudo de la entrada. Pasé arrodillado sobre él muchos ratos para luego poder contemplar los agujeros que quedaban en mi piel. Mi padre me pilló varias veces allí y acabó llevándome a un psicólogo.

> —Mire a ver qué puede hacer con este santurrón —le dijo con un largo suspiro—. Se pasa el día rezando en la puerta de casa.

—Volví a olvidar la alfombra, el felpudo y los agujeritos de la piel, hasta que me picó una pulga. O varias. Llegué a tener más de cien habones repartidos por los muslos, las nalgas, el vientre y la zona lumbar de la espalda. Estábamos pasando unos días de vacaciones en el campo. Supongo que me metí en algún recinto frecuentado por el ganado. Mi madre me aplicaba cada noche un poco de pomada en los habones, uno a uno. Había tantos que tenía que ayudarse de un espejo, gracias al cual pude ver los que tenía en las nalgas y en la espalda. Era un espectáculo mágico, igual que los agujeritos de las rodillas. Me picaban mucho, pero todo se compensaba con la visión de mi piel taladrada por ronchas cada vez más rojas que me miraban como ojos inyectados en sangre. Era un firmamento de estrellas, planetas y asteroides que me tuvo hipnotizado durante al menos dos semanas. Luego se fueron curando y yo me sentí muy triste, como si los hubiera perdido. Desde entonces los busco por todas partes.

«Me pregunto cuál sería el diagnóstico de aquel psicólogo al que lo llevó su padre», anoté en mi cuaderno.

—A veces encuentro esos patrones geométricos donde menos me lo espero: en la rejilla de una alcantarilla, en los faros de un coche, en las medias de una mujer, en el interior de algunas flores, en la espuma de un líquido, en un nido de avispas, en las gotas de lluvia, en la piel de algunos anfibios, en una esponja, a veces hasta en el cielo de la noche, en un queso gruyer, en una rebanada de pan, en una fresa, en las piedras del río o en una madera carcomida.

No le interrumpí en toda la sesión. Apenas tomé notas. Simplemente lo escuché intrigado. Era un caso de tripofobia, solo que al revés. Supongo que se podría llamar «tripofilia».

Busqué varias imágenes de tripofobia en internet y se las mostré a mi paciente.

—Dígame exactamente qué siente cuando ve esto —le dije en nuestra siguiente sesión.

—Al principio me producen una punzada de rechazo en el estómago, como un vértigo repentino —respondió—, pero luego me atraen y no puedo dejar de mirarlas.

Había clavado la mirada en el rostro lleno de agujeros de un hombre que parecía tener cientos de ojos. Resultaba tan repulsivo que ni yo mismo fui capaz de mirarlo.

—¿Le sucede algo parecido en otras situaciones? —pregunté.

—No lo sé —respondió él.

—Por ejemplo, cuando se asoma usted a un precipicio. ¿No siente una especie de vértigo contradictorio que le atemoriza y le atrae al mismo tiempo?

Me miró con recelo.

—No —respondió—. No me dan miedo las alturas.

—¿Tiene alguna fobia?

—Tampoco lo sé.

—¿Le asustan los espacios cerrados y angustiosos? ¿Le dan miedo las arañas, las serpientes o los insectos? ¿Teme a la oscuridad?

—No, que yo sepa.

—¿Ha tenido tendencias suicidas?

—Nunca.

—¿Alguna vez ha entrado en una catedral y ha sentido un desmayo insoportable al contemplar el esplendor del arte entre las sombras?

Esta vez respondió con otra pregunta.

—¿Qué clase de pregunta es esa? —dijo.

Quizá no estaba familiarizado con los síndromes de los viajeros. O, simplemente, no había estado nunca en Florencia. Decidí preguntarle por su vida sentimental.

—He estado casado dos veces —reconoció—, pero actualmente no tengo pareja. Nadie me soporta. A mi primera mujer le gustaba mi obsesión por marcar su piel con los utensilios de la cocina.

Hizo una pausa y abrió las manos.

—No crea que le hacía ningún daño —matizó—, no se trata de eso. Me limitaba a presionar durante unos minutos los moldes de hacer galletas sobre su piel, mientras ella permanecía tumbada en la cama. De ese modo creaba bajorrelieves cutáneos con formas geométricas: triángulos, rombos, también corazones y estrellas. Lo tengo todo registrado en mis álbumes fotográficos. Hacía una fotografía de cada figura. Las partes más sensibles de su anatomía eran la cara interna de los muslos y la parte posterior de los brazos. La piel del vientre también es un buen lienzo, aunque para ello debe estar relajada. A Marta le excitaban aquellos juegos, que ella consideraba preliminares al sexo. Cuando se dio cuenta de que no lo eran, dejaron de gustarle. —Negó convencido—. No la culpo. Admito que es un juego extraño, una singularidad inquietante, como ella decía. No conozco a nadie como yo. Es normal que Marta se cansara de mí. Luego conocí a Almudena.

—¿Cómo era?

—Pesaba algunos kilos más que yo y tenía la piel blanca y tersa: era un lienzo perfecto. Grabé sobre su piel la boca de todos los vasos y las copas de nuestra cristalería. Le gustaba llevar la ropa interior muy ajustada y, cuando se desnudaba, parecía que todavía llevara puestas las bragas o el sujetador. Tengo cientos de fotos de sus nalgas recorridas por patrones florales hechos de encaje. Puedo enseñarle algunas si quiere.

Ignoro si me hizo aquella propuesta para ilustrar su caso o porque involuntariamente había disparado su obsesión al hablar de ella. Todo lo que hice fue tomar una nota en mi cuaderno: «El muy cabrón no deja de mirarme los brazos».

—¿A Almudena también le excitaban aquellos juegos preliminares? —pregunté.

—Se limitaba a dejarse querer —respondió él negando—. Le encantaba posar para mí. Creía que mi intención era fotografiar su cuerpo. Más tarde, cuando se dio cuenta de que solo me interesaban los bajorrelieves de su piel, me dejó. Antes de hacerlo, me llamó pervertido y me recomendó acudir a la consulta de un psiquiatra.

«Que dejes de mirarme los brazos.»

—Como no creo que vuelva a convivir con nadie —prosiguió—, ahora me limito a admirar los patrones geométricos que imprimo sobre mi propia piel. He llegado a exponer mi cuerpo a una colonia de mosquitos, buscando su picadura. He recorrido el campo en busca de rebaños de ovejas con la esperanza de seducir a alguna pulga. Una vez me hicieron unas pruebas de alergia pinchándome en los brazos y, desde entonces, me clavo agujas por todo el cuerpo para provocarme pequeñas cicatrices.

Nos miramos durante un par de segundos.

—¿Quiere verlas? —dijo, suponiendo que no me atrevía a pedírselo.

Se quitó la americana y me mostró sus antebrazos. Tenía cicatrices por todas partes. Unas cuantas eran recientes, todavía húmedas y enrojecidas, otras habían dejado un cerco incoloro sobre el tono original de su piel.

—No puedo evitarlo —dijo volviendo a ponerse la americana—, por eso estoy aquí.

Pasé varios días buscando una terapia que pudiera acabar con la tripofilia de mi paciente. Pensé en pedirle que hiciera manualidades con arcilla, plastilina o algún otro material maleable. O que dibujara patrones geométricos con escuadra y compás. O que coloreara mandalas con acuarelas. Debía liberarlo de su obsesión tripofílica a través de la creatividad manual. Recorrí las tiendas del barrio para inspirarme. Muchas veces he resuelto casos difíciles paseando por la calle. Es una terapia de oxigenación. Si me quedo en la consulta, todo lo que hago es leer literatura médica y complicar las cosas. En cambio, la calle me proporciona la diversidad urbana de lo cotidiano y aumenta mis posibilidades de dar con soluciones originales. Me detuve en el escaparate de una librería, en una tienda de ropa para mujer, en una papelería y en una administración de lotería, hasta que finalmente encontré lo que buscaba.

Era un local estrecho, sin escaparate alguno: simplemente una puerta y unas escaleras que bajaban a un sótano. Ante la puerta había un hombre con los brazos cruzados. Parecía un guardia de seguridad, pero era en realidad el escaparate de la tienda: una especie de hombre anuncio con los brazos llenos de serpientes, dragones y otros animales de la mitología fantástica.

Un tatuaje bien hecho podría ser una solución para mi paciente, siempre y cuando encontrara un patrón geométrico capaz de satisfacer su obsesión. Podría hacérselo en los brazos, en las piernas o en el vientre y contemplarlo siempre que quisiera.

Saludé al hombre anuncio y bajé las escaleras para preguntar si mi idea, de momento una simple ocurrencia, podía llevarse a la práctica. Detrás del mostrador había un tipo al que reconocí de inmediato. Era mi anterior paciente, el dibujante de desnudos femeninos. Él también me reconoció, pero no dijo nada. Se limitó a subirse la manga de la chaqueta para que pudiera leer el tatuaje que lucía en el antebrazo. Era el nombre de Paloma Ruiz escrito en un solo trazo, sin levantar la mano ni siquiera para separar el nombre del apellido.

Mi otro yo

Supongo que, como el resto de sus congéneres, *Mismís* tiene criterio felino. Siempre sabe dónde quiere estar y lo que quiere hacer. Nunca duda ni se muestra inseguro ante nada. Demuestra tener un control absoluto del tiempo y el espacio. Duerme hasta tarde, come poco, juega para mantener sus reflejos y sus articulaciones en forma, mira por la ventana para distraerse, explora los tejados por la noche, ve la televisión a mi lado, olfatea los rincones en busca de olores nuevos o hace sus necesidades a intervalos regulares, creando una rutina voluntaria que da forma a su jornada diaria.

No depende de nadie ni deja que nadie dependa de *él*, pero cuando quiere una caricia se acerca a recibirla con toda naturalidad, sin creer que va a contraer ninguna deuda para el futuro. Es un comportamiento tan ejemplar que muchas veces siento el impulso de regalarle un gato a alguno de mis pacientes, especialmente a aquellos que tienen dificultades para ordenar su día a día.

—Tenga —me gustaría decir—, olvide la medicación y no vuelva a la terapia conductual. Limítese a observar cómo dosifica el tiempo, el espacio y las emociones este felino e imítelo.

—Me gusta ir detrás de mí —dijo el paciente cuando le pregunté cuál era su problema—, como si estuviera persiguiéndome, ¿entiende? Me busco y le sigo. A veces tiene que emplearse a fondo para perseguirme porque, aunque no lo crea, resulto muy huidizo.

Asentí comprensivamente. «Una persona huidiza resulta difícil de perseguir, en efecto.»

—A la hora de comer, por ejemplo —continuó diciendo—, me busco en el wok donde suele tomar un plato de arroz y unos rollitos de primavera. Me encanta la comida oriental. El menú también puede pedirse con tallarines, pero como lleva barba prefiere el arroz. Los tallarines y las barbas son incompatibles por una cuestión de longitud: uno de los dos siempre es demasiado largo. Luego voy a mi café preferido y se toma un cortado mientras hojeo el periódico. Lo hago siempre de atrás hacia delante, de la sección de televisión a la de política local, pasando por economía e internacional. No sé por qué lo hace así, tal vez para llevar la contraria a la actualidad. Después da un paseo para estirar las piernas. Suelo detenerme en los escaparates de las librerías. Le gusta estar al día de las novedades editoriales. A veces me compro un helado de vainilla y se lo come sentado en un banco. Los helados también son incompatibles con las barbas. Solo se pueden comer con la ayuda de una cucharilla de plástico. Luego vuelvo a subir a la oficina para cumplir su horario de tarde y me pierde de vista durante unas horas.

Hizo una pausa para que yo pudiera tomar alguna nota. A muchos pacientes les incomoda que los terapeutas no tomemos notas sobre lo que cuentan, como si su caso no resultara interesante. En esa ocasión el problema no era de interés sino de identidad.

«¿De quién coño me está hablando?», anoté.

—Salgo de trabajar sobre las ocho —prosiguió—. Me espero en la calle, disimulando ante un escaparate. A veces mi esposa viene a buscarme. También trabaja en el centro. Siempre es un placer verla, aunque sea reflejada en el cristal de un escaparate. Tiene el pelo largo, es esbelta y sabe vestirse para realzar lo mejor de su cuerpo, que son sus piernas, dos obras de arte simétricamente torneadas por donde ascender la mirada. Resulta muy atractiva. Sonríe con un rictus de inteligencia y mira con calculada profundidad, como si fuera capaz de hacerte un escáner con los ojos.

«Se recrea en las descripciones y se cree original. Es un escritor de novela negra en potencia», anoté.

—Antes de ir a casa, solemos hacer alguna compra o recado por el centro. Luego nos dirigimos al parking y se montan en un potente todoterreno que siempre conduce ella. A mí no me gusta conducir. Me pone de mal humor. Ella en cambio se relaja conduciendo, al menos cuando lleva ese cochazo. Tiene casi trescientos caballos. Dice que se siente como una domadora de circo capaz de convertir un tigre en un gatito. Vivimos a las afueras, en una urbanización de adosados y chalets. Los he espiado desde varias ventanas y sé que lo primero que hacen al entrar en casa es desnudarse para ponerse un albornoz blanco, como si estuvieran en un balneario. Tienen una criada guatemalteca que limpia y deja preparada la cena. A él le gusta abrir una botella de vino, tinto en invierno y blanco en verano. El vino me relaja y le ayuda a dormir. Sirvo dos copas y brindo con mi esposa. Es todo de lo más agradable, pese a que él es un hijo de la gran puta.

De nuevo se detuvo para que yo pudiera tomar una nota. «¿Qué diantres quieres que escriba, si usas la primera y la tercera persona con una alternancia más que patológica?», anoté. Lo hice despacio, eso sí, garabateando en exceso, como quien ha dado con la clave de lo que escucha y comienza a pensar en un tratamiento eficaz.

—Después de cenar, ven una serie de televisión. Lo sé porque tienen una pantalla enorme que se ve desde el jardín. Nos gustan las series de intriga y también las de ciencia ficción. A veces él se duerme y ella tiene que despertarme. Yo entonces niego haberse dormido. Ella le informa de que estaba dando los primeros ronquidos y yo hago como que se enfada. Me levanto y me voy al dormitorio, que está en la buhardilla, dos pisos por encima del salón. Ella sube tras él siguiéndome el juego. Ya puede imaginarse la escena, nada original. Él se hace el ofendido, ella trata de disculparse y ambos acaban amándose sobre los albornoces, en la cama o en el suelo, él acariciando sus piernas perfectas, ella con los ojos cerrados.

Emitió un suspiro tan hondo que me sobresaltó. Sus gestos y sus palabras no se correspondían con su apariencia física. Parecía el muñeco de un ventrílocuo hablando con una voz ajena.

—No he encontrado el modo de observarlos cuando están en el dormitorio —confesó—, pero veo nuestras sombras reflejadas en la pared de la escalera. La buhardilla no tiene puerta. Qué curioso. Hacen el amor en la única estancia de la casa que no puede cerrarse con llave. Son las ventajas de vivir solos. Nunca hemos tenido hijos. No saben por qué. Y no queremos saberlo. Una vez leí que los espermatozoides sanos resultan inválidos en algunos úteros por diversas razones. No me haga mucho caso. No soy médico. Lo que quiero decir es que quizá los dos están sanos y no pueden concebir hijos juntos. La biología es a veces tan caprichosa como una ciencia paranormal.

Anoté la frase. Más de una vez he pensado en publicar un libro con las ocurrencias y las tonterías que van diciendo mis pacientes.

—El problema es que nos vamos —añadió él entonces.

—¿Adónde?

—Se van de vacaciones a Italia. A ella le encanta todo lo italiano: el arte, la comida, la música y el propio idioma, que habla a la perfección porque estudió un tiempo en la Universidad de Bolonia.

—¿Y a él no le gusta Italia? —pregunté mirándolo a los ojos.

—Le encanta —respondió asintiendo—, pero no quiero que se vayan. No podré verlos si nos vamos.

Se revolvió en la silla, moviendo el torso hacia delante y hacia atrás con las manos sobre el regazo, como si estuviera columpiándose. La sesión había terminado y tomé una nota: «Voy a seguirlo hasta su casa. Si no vuelvo y alguien lee esta nota, por favor, que vaya a mi casa y cuide de mi gato».

Era mi último paciente de la tarde y tampoco tenía nada mejor que hacer, así que salí detrás de él, guardando las distancias para resultar invisible. Se dirigió a un parking cercano. Yo tomé un taxi y lo esperé en la rampa de salida, por donde apareció conduciendo un coche pequeño, nada que ver con el todoterreno de trescientos caballos que me había descrito.

Tomó dirección norte. El taxista lo siguió sin poder evitar mirarme de vez en cuando por el espejo retrovisor, supongo que tratando de adivinar mi profesión. ¿Quién podía ser yo? ¿Un policía? ¿Un detective privado? ¿Un acosador? ¿Un tarado? Era curioso: el taxista me perseguía a mí, mientras yo perseguía a mi paciente, que a su vez se perseguía a sí mismo.

Abandonamos la autovía para acceder a una zona residencial tan ajardinada que me pareció un oasis en el desierto. Mi paciente aparcó el coche en la calle y entró en una finca. Pagué al taxista y le pedí que me esperase, pero no quiso hacerlo. Debería haberle aclarado que no era un policía ni un detective. Tampoco era un acosador ni un tarado, sino un profesional de la salud preocupado por un paciente. La ley y la ciencia me amparaban.

La finca estaba cerrada por una cancela y un portero automático. No podía llamar y descubrirme. En ese momento un repartidor de pizzas se detuvo ante la cancela y llamó al timbre. La asistenta guatemalteca debía de estar de vacaciones. La cancela se abrió. Sin comprobar si tenían o no perros guardianes, me colé en la finca antes de que se cerrase de nuevo. Fue una decisión arriesgada porque los perros no saben nada de leyes ni de ciencia. Me escondí tras un arbusto y esperé a que el repartidor se marchara antes de dirigirme a la parte posterior de la casa, que era donde había luz.

A través de un ventanal sin persianas ni cortinas observé un amplio salón que se comunicaba con una cocina que parecía de acero inoxidable. La pantalla de la televisión era enorme, de setenta pulgadas o más. Ante ella, de espaldas a mí, había una pareja sentada sobre una alfombra. Eran mi paciente y una mujer delgada de pelo largo. Él cortaba las pizzas diametralmente. Ella bebía vino en una copa de cristal. La televisión mostraba el interior de una nave espacial llena de tripulantes. Me senté a observarlos, a mi paciente y a su esposa. Los tripulantes me importaban un bledo. Mi paciente parecía muy seguro de sí mismo. No era el tipo huidizo que había acudido a mi consulta.

Entonces ella cambió de postura y me mostró las piernas. Ahí podía estar la explicación del misterio. La perfección anatómica mejora las competencias psicológicas del individuo que la exhibe, así como de quienes lo rodean. Era muy probable que mi paciente se convirtiera en otra persona cuando estaba en compañía de aquella mujer tan atractiva.

Se terminaron las pizzas y él llevó los platos sucios a la cocina. Ella se peinó la melena con las manos abiertas. Luego sirvió más vino y esperó a que él regresara para apagar la luz y continuar viendo la televisión. Todo estaba muy oscuro porque ahora se mostraba el exterior de la nave, que muy coherentemente viajaba por el espacio. Había llegado el momento de marcharme. Me di la vuelta y escuché un gruñido, seguido de varios ladridos. Una mujer me señalaba con un dedo extendido.

—Qué carajo hace usted aquí —me preguntó.

Hablaba con acento sudamericano. Debía de ser la asistenta y no estaba de vacaciones. Otro perro apareció junto al primero. Ambos ladraron al unísono.

—Soy terapeuta y estoy observando a uno de mis pacientes.

Dije mi nombre y mi número de colegiado. La mujer arrugó el entrecejo y se dirigió a los perros tratándolos de usted.

—Cállense los dos.

Entretanto, la luz del salón se había encendido y mi paciente estaba mirándome desde el otro lado del ventanal.

—¿Qué significa esto?

Me hicieron entrar en la casa. La mujer de mi paciente tranquilizó a los perros y los condujo a otra habitación. La asistenta se fue a la cocina y mi paciente se encaró conmigo.

—Soy yo —me apresuré a decirle.

—¿Quién?

—Yo, su terapeuta. Le he seguido.

—¿Me ha seguido?

—Le he seguido desde que ha abandonado mi consulta, sí.

Él fue a decir algo. Tenía el teléfono en una mano. Lo agarraba con la misma determinación que si fuera un arma de fuego. «En cualquier momento puedo llamar a la seguridad de la urbanización o a la policía», parecía decirme mientras me apuntaba con él. Sin embargo, no dijo una palabra. En vez de eso, tomó asiento en uno de los sillones.

—Siéntese —me pidió señalando el sofá principal.

En ese momento apareció su esposa. Fui a levantarme para saludarla, pero mi paciente hizo un gesto con una ceja. No debía moverme ni un milímetro. La mujer anunció que se retiraba a su habitación.

—Tengo que terminar de hacer el equipaje —dijo.

Luego me miró un segundo con los ojos entrecerrados, como si quisiera preservar su identidad desde un anonimato imposible. Mientras se marchaba, advertí que sus piernas también eran perfectas por detrás. Nos quedamos los dos solos, paciente y terapeuta, como cuando estábamos en mi consulta, pero al revés. Estábamos en su casa. Él tenía el teléfono en la mano y yo no era más que un intruso que le debía una explicación.

—Tiene usted que disculparme —comencé a decir—, pero le juro que estoy aquí para ayudarle.

Él dejó el teléfono en la mesita y suspiró muy despacio, como si quisiera abandonar su cuerpo convertido en aire.

—De modo que he ido a su consulta —dijo.

—Así es —respondí—. ¿No lo recuerda?

Por toda respuesta, extendió un brazo y mostró la palma de su mano para pedirme un poco de paciencia.

—Todo tiene una explicación —afirmó—. Dígame primero cuál es mi diagnóstico.

Negué con la cabeza una sola vez.

—Su caso no es sencillo —respondí—. Está compuesto por varios trastornos. Hay obsesión, doble personalidad y una gran inseguridad personal, probablemente debido a una carencia afectiva sufrida en la infancia.

—¿Qué sabe usted de mi infancia? ¿Cómo sabe que tuve una carencia afectiva?

—Digamos que forma parte del diagnóstico —dije—. Ese tipo de inseguridad suele proceder de una falta de afecto en la etapa de formación emocional. Cuando está usted en casa, en compañía de su esposa, sus carencias desaparecen, pero en el mundo exterior reaparecen.

—¿Cree usted que mi esposa compensa las carencias afectivas de mi infancia? ¿Cómo exactamente? ¿Como si Susana fuera mi madre?

Entonces fui yo quien extendió el brazo y mostró la palma de la mano.

—No lo digo solo por ella —maticé—. Me refería más a bien a su zona de confort. Aquí, en compañía de su esposa, sus perros y su asistenta, su asertividad está completa. Todo está bajo control. Su esposa le quiere. Sus perros le obedecen. Su asistenta le alimenta. Y una cancela lo separa de ese mundo exterior que, en el fondo, le aterroriza.

Él me sonrió con un candor inédito, eliminando toda la tensión del momento.

—Le aseguro que no me aterroriza el mundo exterior —dijo.

Me miró fijamente para hacerme saber que yo era el destinatario de su candor. Su actitud me pareció insoportable y estuve a punto de coger el teléfono y amenazarlo con él. O dejaba de mirarme con esa condescendencia abominable o iba a ser yo quien llamase a la seguridad de la urbanización.

—¿He mencionado en su consulta a qué me dedico? —me preguntó.

—No —respondí.

—¿Por qué no me lo ha preguntado?

—No me importa.

—¿No le importa la profesión de sus pacientes?

—De algunos sí, de otros no. Depende del caso.

Asintió una sola vez.

—Soy asesor financiero en una entidad bancaria —dijo—. Mi función es analizar la evolución de los fondos y los valores bursátiles y decidir en cuáles hay que invertir. Como comprenderá, se trata de una labor que requiere mucha información, gran capacidad de análisis y, lo más importante, una firme voluntad para tomar decisiones.

Se calló durante unos segundos.

—¿Usted cree que una persona insegura podría desempeñar una función como esa? —añadió—. Piénselo un momento.

Se levantó para coger una copa. Vertió un poco de vino en ella y me la dio. Luego rellenó la suya.

—El hecho de que alguien muestre seguridad en su

trabajo no garantiza que sea capaz de mantenerla en los demás ámbitos de la vida —respondí.

Bebimos un trago.

—Por supuesto que no —admitió él—. Puedo ser un bróker agresivo de ocho de la mañana a cinco de la tarde y derretirme cuando veo las piernas de Susana. ¿Es eso lo que quiere decir?

No pude evitar un gesto de sorpresa. ¿Por qué mencionaba las piernas de su esposa? ¿Tanto se me había notado que las había estado mirando?

—No sé a qué se refiere —dije poniendo los ojos en blanco.

—Lo sabe muy bien —replicó él—. Yo mismo se lo he contado en su consulta. Estoy loco por Susana. Siempre lo he estado, desde que la conocí en la Facultad de Empresariales, donde estudiamos los tres. ¿No le he contado lo del vestido gris?

Comencé a farfullar. No sabía si asentir o negar. No entendía por qué hablaba de tres personas. Echaba de menos mi cuaderno de notas.

—Era el primer día de clase. Susana acababa de incorporarse al curso procedente de una universidad extranjera. Llegó a clase con un vestido corto de color gris sobre una camiseta de manga larga y unos leotardos que terminaban en unos botines de tacón, todo tan negro como su cabello. Parecía una sombra vestida de mujer, de mujer hermosa, con las piernas más esbeltas que he visto nunca.

Hizo una pausa que aproveché para apurar mi copa.

—Todos quedamos admirados, chicos y chicas, al ver aquella perfección anatómica —añadió—. Era como ver en movimiento uno de esos maniquíes de talle ejemplar que hay en los grandes almacenes, pero con una melena brillante y una sonrisa luminosa.

Me sirvió un poco más de vino.

—Fue un amor instantáneo. Nos enamoramos de ella como si fuera algo inevitable. Sentimos unas ganas desbocadas de vivir, perdimos todos los miedos, comenzamos a odiarnos. Fue maravilloso y horrible a la vez, la sensación más orgánica que he experimentado jamás.

Hizo un gesto con la mano para borrar en el aire los recuerdos.

—En su consulta parezco otra persona porque eso es lo que soy —dijo a modo de confesión—. En su consulta soy el tipo que no consiguió enamorar a Susana.

Abrí las manos, cansado de aquel juego de ambigüedades.

—¿No lo consiguió? —dije.

Él chasqueó la lengua.

—Ambos lo intentamos con nuestras mejores armas. Él trató de seducirla con su sentido del humor. Siempre ha sido muy brillante con las palabras y es capaz de sacarle punta a todo. Yo usé otra táctica. Me refugié en el silencio de las miradas intensas. Mientras él le recitaba versos, le contaba chistes o le regalaba piropos delirantes, yo la observaba desde una esquina, seguro de que tarde o temprano se cansaría de él. Lo conozco bien. Causa una primera impresión inmejorable, pero luego todo se diluye en una verborrea insoportable. Me da lástima. No es mal tipo, pero no sabe dosificarse. Se entrega tanto que resulta intenso en su fugacidad, como un meteorito en el cielo de la noche. No sé si me explico.

Asentí un par de veces. El hecho de que no lo entendiera no significaba que no se explicara bien.

—Yo, en cambio, me limité a mirar a Susana directamente a los ojos —continuó diciendo—. No hay nada comparable a eso, usted ya lo sabe. Los ojos son como los cristales de doble cara que usan los policías en sus interrogatorios. Son capaces de ver sin ser vistos. Por eso es importante saber mirar a los ojos, sosteniendo una mirada anónima sin que se transparenten nuestros verdaderos deseos. Mirar es el arte de ocultar. Resulta paradójico, ¿verdad?

«Tan paradójico como su caso, sí», pensé.

—Mientras el pobre diablo quemaba todos sus cartuchos hablando y haciendo el payaso —continuó—, yo fui intimando con Susana. Supongo que a él le pareció injusto que todo su esfuerzo dialéctico quedara anulado por una simple mirada. Susana estaba harta de él. Un día se desahogó conmigo.

—Cada día me habla de algo distinto —me dijo—. Es como si lo llevara preparado, como si escribiera un guion sobre un tema determinado para actuar delante de mí.

—Él fue un pionero de los monólogos de humor. Por eso está trastornado. Se ha esforzado tanto en conseguir a Susana que le parece una broma del destino que ella prefiera estar conmigo. Por eso me persigue. Y por eso contactó con usted.

Guardó unos segundos de silencio mientras se miraba las manos. Luego miró las mías. Finalmente se puso en pie.

—Le ruego que me disculpe —dijo—. Es muy tarde y mañana tengo que madrugar. Solo voy a pedirle una cosa antes de que se vaya.

—Dígame —respondí yo levantándome.

Creí que iba a decirme que la próxima vez que me viera por su finca llamaría a la policía o algo así.

—Míreme a los ojos —me pidió—. Se lo ruego.

Me puse a su lado con aire derrotado. Hice lo que me pedía durante unos segundos y abandoné su casa con el móvil en la mano para llamar un taxi. No sabía la dirección donde me encontraba, así que abrí una *app* de navegación. Entonces alguien me chistó por la espalda.

—¿Qué hace usted aquí?

Me di la vuelta y me encontré con mi paciente. Se había puesto unos zapatos y una cazadora. Llevaba el pelo revuelto y la nariz enrojecida, como si llevara un buen rato soportando el frío de la noche. No le respondí. Tan solo me acerqué a él y lo miré a los ojos. Fijamente.

Mi reflejo

Mismís busca mi compañía en todas las estancias de la casa, incluso en el cuarto de baño. Mientras me afeito o me lavo los dientes, se sienta en la repisa del lavabo y me observa a través del espejo, sin sorprenderse al verme duplicado, supongo que por una cuestión de olfato. Un solo olor corporal no puede corresponder a dos individuos. Tampoco se sorprende al ver su reflejo en el espejo. La imagen de un gato que huele igual que él no puede ser más que un reflejo de sí mismo. Un reflejo olfativo.

Los gatos tienen una fama de seres independientes y desapegados que no se sostiene. A *Mismís* le gusta estar conmigo, lo que no significa que no pueda estar sin mí. También le gusta estar solo. A mí me pasa lo mismo. Y a cualquier ser vivo sano dotado de emociones. La soledad da sentido a la compañía de los demás, por puro contraste, como cuando hemos estado a oscuras y se hace la luz. O como cuando hemos tenido en la mano una mariposa, tan solo unos segundos, y comprendemos el significado de la libertad.

—Veo gente en los espejos —confesó mi siguiente paciente—. Enciendo la luz del baño y, aunque estoy completamente sola, me veo al otro lado del espejo rodeada de gente.

—¿Solo le sucede en el baño? —pregunté.

—También en los probadores de las tiendas de ropa. Entro a probarme unos pantalones y me veo junto a una docena de personas.

«¿Y todas se prueban la misma prenda que usted?», anoté. «Menudo lío de tallas.»

—¿Una docena? —repetí.

—Al principio eran doce, sí. Los conté.

—¿Son siempre los mismos?

—No sabría decirle. A veces me parece reconocer una mirada, una forma de vestir o un peinado, pero luego dudo. Quizá se repita alguno. No los conozco. La primera vez que aparecieron en el espejo creí que formaban un grupo homogéneo: los miembros de un equipo de fútbol, los ejecutivos de una empresa, no sé, gente que tuviera algo en común, pero ahora ya no estoy segura de nada. Creo que ni ellos mismos se conocen.

«Podrían ser los doce apóstoles», escribí en mi cuaderno. «O los doce del patíbulo.»

—¿Le dicen algo? ¿La amenazan de algún modo?

—Nunca. Solo me miran desde el espejo.

—¿Le sucede desde hace mucho?

—Unos cinco o seis meses.

—¿Tanto tiempo?

Ella asintió.

—¿Por qué no ha venido antes a verme?

—No tenía nada que decir. En realidad, no me asustan ni me inquietan. Están ahí y punto. El problema es que desde hace unos días solo veo once.

—¿Está segura?

—Completamente. Los he contado en el baño de mi casa y en el espejo del ascensor. Falta uno.

—¿Sabe quién puede ser?

—No los conozco, así que no puedo echar de menos a nadie.

Tomé la siguiente nota: «Mi paciente ha perdido a uno de los apóstoles, quién sabe si al mismo Judas». Le receté unos tranquilizantes y le pedí que siguiera atenta a los espejos por si la persona que faltaba regresaba.

—Falta otro —me dijo en la siguiente visita, quince días después.

—¿Seguro?

—Ahora solo hay diez.

—¿Son hombres o mujeres?

—Son hombres y mujeres, adultos de mediana edad, de aspecto respetable y siempre bien vestidos.

—Comprendo —dije.

«La economía está tan mal que incluso los recortes numéricos afectan a las visiones de los pirados», escribí. Y pasaron otros quince días.

—Falta otro, ahora solo son nueve.

—¿Y cómo desaparecen?

—No desaparecen, simplemente no aparecen. Enciendo la luz, miro al espejo y veo que solo hay nueve.

«Cada quince días pierde un apóstol, en unas semanas se convertirá en una agnóstica solitaria.» Volvió cada dos semanas contando que había una persona menos detrás del espejo. Cuando solo quedaban tres, le pedí que entrara conmigo en el cuarto de baño de la consulta.

—¿Le importa?

Se levantó sin dudar.

—En absoluto —dijo.

Entramos en el baño y encendí la luz.

—Ahí están —susurró señalando al espejo—. ¿Los ve usted?

—No —respondí—, por supuesto que no.

—Estamos los cuatro: ellos tres y yo.

—¿Y yo no estoy? —pregunté.

Me sorprendió no estar presente en el espejo de mi propio baño.

—No, usted no está.

—¿Y eso le parece normal?

—Si me pareciera normal, no estaría aquí.

Nunca me había encontrado con un caso de una naturaleza tan subjetiva e inaprehensible. Me vi obligado a revisar mis propias categorías de análisis para intentar comprenderlo y, al final, tuve que recurrir a la ayuda de otros colegas, con los que a veces intercambio casos y pacientes. Por fortuna, uno de ellos confesó haber tratado un caso similar hacía tiempo. Me facilitó el teléfono de su paciente y lo cité en mi consulta. Era la primera vez que entrevistaba al paciente de un colega para tratar a una de mis pacientes.

—Así es —confirmó él asintiendo—, vi gente en los espejos durante un par de años. Fue durante una época de mi vida muy complicada. Acababa de divorciarme y estaba sufriendo una reacción de estrés agudo, al menos eso fue lo que dijo mi terapeuta.

«¿Hay algún tipo de estrés que no sea agudo?», anoté.

—Dígame cuántos eran.

—Doce. Aparecieron todos en grupo y fueron desapareciendo uno a uno hasta que solo quedamos ella y yo.

—¿Ella?

—Se llama Elisa.

Hice como que tomaba una nota importante: «Este les pone nombres, lo que faltaba».

—Elisa nunca se ha ido de los espejos —siguió contándome—. La veo cuando quiero, por el día o por la noche, en cualquier lugar del mundo. Lo único que necesito es un espejo.

—¿Quiere decir que vive con usted? —pregunté.

—Vive conmigo al otro lado de los espejos, sí.

—¿Como una amiga?

—Más bien como una amante.

—No comprendo.

Él entonces dudó un instante. Miró a derecha e izquierda, tratando de averiguar si se encontraba ante un psicólogo de verdad o ante un aprovechado con ganas de reírse de él. Dejé que lo examinara todo con la vista: la mesa de despacho, el taco de las recetas con mi nombre y mi número de colegiado, el diván, mi título profesional y los certificados que prueban mi asistencia a varios cursos y congresos médicos.

Por fin me miró y suspiró.

—Cuando estoy con alguien no aparece —dijo—. Solo lo hace cuando estoy solo, como si quisiera verme en la intimidad.

—¿Cómo sabe que se llama Elisa?

—No lo sé, pero así es como la llamo.

—¿Por qué?

—Cuando era un adolescente, me enamoré de una chica con ese nombre.

—¿Se parece a ella?

—No físicamente, pero me provoca las mismas sensaciones.

—Dígame qué sensaciones son esas.

—Cuando la veo sufro una erección y tengo ganas de masturbarme.

«Muy romántico», anoté antes de preguntar:

—¿Qué hace ella cuando usted se masturba?

Quería saber si me estaba hablando de un reflejo o de una ilusión.

—Se masturba también, naturalmente —respondió él.

No me quedó claro si se refería al reflejo de su acción o a un acto verdaderamente sexual en el que dos personas se masturban al unísono. En todo caso, no quise preguntar nada más. Le agradecí su colaboración y esperé a mi paciente de los apóstoles, que volvió por la consulta a las pocas semanas, confesando que se había quedado a solas con un hombre.

—Los demás han desaparecido —matizó—. En el espejo solo queda él.

—¿Quién es?

—No lo sé, pero yo lo llamo Luis.

—¿Por qué Luis?

—Era el nombre de mi primer novio. Salimos juntos en el colegio.

—Descríbamelo, por favor.

—¿A quién: a mi primer novio o a Luis?

«A Luis, hija de mi vida, a Luis.»

—Es alto, de piel morena. Tiene los ojos marrones, el pelo rizado y lleva gafas.

—¿Le importa si vamos un momento al baño? —le propuse.

Encendí la luz y esta vez me quedé fuera. Ella se enfrentó al espejo.

—Está sonriendo —me informó—. Lleva barba de varios días.

—¿Cómo va vestido?

—Está desnudo.

—¿Le gusta a usted?

—Mucho.

—¿Qué siente?

—Tengo ganas de hacer el amor con él.

—Entiendo.

Ella me miró con cejas de incredulidad. ¿Cómo iba a entender semejante cosa?

—¿Quiere quedarse a solas con él? —le pregunté.

—Ahora no, nos veremos luego en mi casa.

Repasé la literatura científica a mi alcance y encontré algunos casos más sobre apariciones especulares. Los pacientes que los protagonizaban veían en los espejos a unas cuantas personas, cuyo número iba reduciéndose hasta que solo quedaba una. Todos tenían algo en común: la persona elegida permanecía al otro lado del espejo durante años. Era una especie de selección de personal, un *casting* que surgía espontáneamente y se convertía en una relación íntima entre el reflejo y el reflejado con besos, caricias y tocamientos individuales.

En la siguiente sesión le pregunté a mi paciente si se masturbaba delante de Luis. Ella se tomó unos segundos para reflexionar, quién sabe si debatiéndose entre seguir allí sentada o levantarse y marcharse. Finalmente contestó que sí.

—¿Y él? ¿Se masturba también?

Asintió de nuevo.

—Sus manos me tocan y las mías le tocan a él —dijo.

—¿Cómo es eso posible? —pregunté.

—Nuestros cuerpos se reflejan en el espejo.

Tomé una nota rápida: «¿Cómo pueden reflejarse unos órganos sexuales opuestos en un espejo?», pero no me atreví a preguntarlo. Entonces sí, ella se levantó con una prisa innecesaria.

—Tengo que irme —dijo.

—Siento haberle preguntado por su vida íntima —me excusé.

—No es eso. Simplemente no necesito más terapia. Soy feliz.

Enarqué las cejas, invitándola a que se explicara.

—Soy feliz, sí —repitió—. Hago una vida rutinaria. Desayuno con mi familia, voy a trabajar, salgo con mis amigas, visito a mis padres y atiendo el resto de mis obligaciones. Y sé que siempre, en el momento que quiera, puedo estar a solas con Luis. No importa dónde me encuentre. Tan solo necesito un espejo para verlo. No quiero que se vaya nunca. Si estoy loca, no quiero curarme, por eso no pienso volver por su consulta.

Lo entendí y anoté en su ficha: «La paciente no quiere curarse por si la cordura es menos emocionante que la locura». Era evidente que su trastorno sensitivo le proporcionaba una felicidad envidiable. ¿Quién rechazaría a un amante fiel y discreto al otro lado de los espejos? Y mudo. Podría ser la solución para todos los conflictos de pareja que conozco. Lo que no supe, ni sé todavía, es si tal cosa podría considerarse una relación adúltera o una simple terapia de compensación emocional.

No pensé en ello durante un tiempo, aunque debo confesar que a veces, sobre todo por las noches, me quedaba mirando fijamente el espejo de mi cuarto de baño por si aparecía alguien que no fuera *Mismís*. Tenía ganas de experimentar la sorpresa de mi paciente. Por extraño que parezca, a los psicólogos y terapeutas nos gustaría convertirnos en unos dementes o unos paranoicos de vez en cuando y ver el mundo desde un punto de vista menos racional, teniendo visiones o sintiéndonos poseídos por una entidad superior.

Cuando prácticamente había olvidado el caso, un sujeto de mediana edad apareció en mi consulta.

—Dígame qué le sucede —le pregunté.

—Me gusta ir siempre con once personas a mi lado —afirmó.

—¿Perdón?

No supe qué estaba diciendo.

—¿Por qué con once personas? —pregunté.

—Para formar una docena.

—¿Por qué una docena?

—No lo sé. El doce es un número mágico, cuatro tríos, tres cuartetos.

«Seis pares.»

—Nos detenemos frente a los espejos y vamos desapareciendo.

—¿Cómo que van desapareciendo?

—La gente nos elige.

—¿Qué gente?

—Los que están al otro lado del espejo.

—¿Cómo los eligen?

—Lo hacen sin querer, pero nos eligen. Nos van descartando hasta que solo queda uno de nosotros.

—¿Y entonces?

—Entonces se inicia entre ambos reflejos una relación erótica de apariciones y desapariciones que no acaba nunca.

Guardé un silencio de duda y desconcierto. No podía creer lo que estaba escuchando.

—¿Se encuentra bien? —preguntó mi paciente.

—No es nada —dije ajustándome las gafas—. Déjeme resumir lo que me ha contado para ver si lo he entendido. Usted y otras once personas aparecen frente a alguien que se mira al espejo. Luego van desapareciendo de uno en uno hasta que el último de ustedes protagoniza una relación emocional con quien los ha estado mirando, ¿es así?

—Así es —confirmó él—, muy bien resumido.

—¿Y cuál es el problema?

Lo pregunté como si todo lo que había dicho fuera perfectamente normal.

—Nadie me ha elegido nunca —respondió él—.

Es cierto que no soy de los primeros en ser descartados. Eso no. Suelo pasar varias rondas y sigo presente cuando solo quedamos tres o cuatro reflejados en el espejo, pero nunca he llegado al final.

—Y eso le produce malestar —afirmé.

—Y frustración —añadió él.

No sabía qué más preguntar. No tomé ninguna nota. Arrugué la frente y lo miré durante unos segundos. Estaba sentado en la misma postura que yo, solo que con la pierna izquierda dispuesta sobre la derecha. Me acerqué a él y él se acercó a mí. Parpadeamos a la vez.

Mi autora: primera visita

A *Mismís* le gusta ver documentales de animales en la televisión. Algunas noches, después de cenar nuestras tortillas a la francesa, nos sentamos en el sofá y vemos uno. *Él* se tumba a mi lado con los ojos fijos en la pantalla y sigue con atención los movimientos de los animales, especialmente si son cuadrúpedos. No le interesan los pájaros, los anfibios ni los peces, solo los cuadrúpedos, da igual de qué clase. No es necesario que sean felinos, pero tienen que moverse a cuatro patas para sentirse identificado con ellos. Si ve una manada de animales corriendo, *Mismís* da una patada, lo mismo que si un animal ataca a otro. Es evidente que interpreta el documental como una ficción, un *western* protagonizado por leones y hienas. No es consciente de que, pese a estar circunscrito en una pantalla de televisión, lo que está viendo es el mundo real.

La paciente que atendí aquella mañana se presentó a sí misma como una escritora de ficción.

—Lo matizo porque mis historias proceden siempre de la imaginación —añadió—. No son reales porque considero que la imaginación está siempre por encima de la realidad. Es un refugio donde cobijarme cuando la realidad es hostil. La ficción es Matrix.

Lo dijo con un eco impostado, como si la palabra hubiera provocado una onda expansiva entre nosotros.

—Cualquier parecido con la realidad es pura coincidencia —declamó a continuación—. ¿Recuerda ese dicho?

Asentí con un murmullo doble.

—Es mi frase favorita —añadió—. La ficción es una realidad coherente, tiene un sentido determinado y por eso mismo conduce siempre a alguna parte. Eso es al menos lo que yo creía antes de discutir con mis editores.

Chasqueó la lengua, como quien se acerca a la parte chunga del discurso.

—Fueron tajantes. Dijeron que la imaginación ya no supera a la realidad. La mayor parte de los lectores de hoy en día son usuarios de redes sociales, de modo que están acostumbrados a verlo todo: un pájaro que colisiona con un dron en pleno vuelo, un hombre que salva la vida tras ser arrollado por dos vehículos en una autopista, un perro que sabe sumar, un loro que interpreta una canción de Kylie Minogue, una canasta de baloncesto imposible, un asesinato en plena calle, un accidente mortal, una guerra retransmitida en directo.

Tomé una nota a modo de recordatorio: «Buscar al loro en YouTube».

—La realidad es el único relato que interesa —prosiguió—. El aspirante a lector se pregunta para qué va a perder el tiempo leyendo una historia que se ha inventado una señora cuando hay tantas historias reales que todavía no conoce. Por eso, mis editores me recomendaron que cambiara mi forma de trabajar. Menos imaginación y más documentación, así podríamos sintetizar dicho cambio.

—¿Y usted qué hizo? —pregunté.

—De momento, dejé de escribir. Me dediqué a leer las novelas que habían publicado mis editores y me di cuenta de que, en efecto, todas ellas estaban «basadas en hechos reales». Se supone que, cuando el lector sabe que la historia ha sucedido de verdad, se siente más impresionado que si se lo inventa una chiflada como yo.

«Usted se lo dice todo.»

—Muchos escritores no saben escribir de otro modo: todo lo que cuentan ha sucedido de verdad. Sus novelas son la crónica de un acontecimiento o, lo que es peor, la biografía de un personaje. ¿Ha leído alguna biografía novelada o ha visto alguna biopic de las que pasan por televisión?

Dije que sí.

—Casi todas son aburridísimas —sentenció ella—. Da igual que traten sobre una deportista, un cantante, una científica, un político o una actriz consagrada: todas están obligadas a ceñirse a lo sucedido y son por ello prisioneras de la realidad. Una buena historia necesita el sentido de la imaginación para no quedar sometida a la absurda aleatoriedad de los hechos reales.

Suspiró mientras negaba, como si aquello no tuviera remedio.

—La realidad sucede sin ninguna intención —añadió—, sucede sin más, mientras que en la ficción todo sigue un patrón preestablecido. La gran diferencia entre la realidad y la ficción es de orden teológico, dado que la ficción está regida por la voluntad de una autora y la realidad no.

«Supongo que para esta señora Dios no es más que un personaje de ficción», anoté.

—El autor de ficción es un demiurgo a escala, si me permite el atrevimiento —dijo con una sonrisa fugaz—. Crea los destinos de sus personajes, los cruza y los contrasta. Dota a la historia de un significado que va más allá de lo narrado. El sentido de la ficción es servir a la realidad, usando sus mismos elementos, aunque ordenándolos en un plano virtual.

«Fíjate: quién me iba a decir a mí que iba a asistir a una conferencia tan interesante sobre teoría de la literatura.»

—Algunos autores no solo prescinden de la imaginación, sino también de lo que les sucede a otros seres humanos. Solo escriben sobre sí mismos, haciéndose pasar por personajes literarios con su nombre y su estilo de vida. Son escritores de autoficción que protagonizan su propia novela, como un ejercicio de narcisismo literario.

Asentí tomando otra nota: «Quizá necesiten acudir a un psicólogo».

—Por todo lo cual y como puede suponer —concluyó—, me negué a seguir la recomendación de mis editores.

Su discurso irradiaba calor, como una hoguera de reproches, así que le ofrecí un vaso de agua.

—Sigo escribiendo bajo la máxima de que la ficción es insuperable —confesó después de dar un sorbo—, aunque he tenido que cambiar de editores. Ahora me publica una editorial que está empezando y necesita autores más o menos conocidos, como yo. Les da igual que escriba ficción o hechos reales, siempre que firme con mi nombre.

«Luego su nombre, que no deja de ser un hecho real, se impone sobre la ficción que escribe, al menos para esta nueva editorial.» Con esta nota mental terminó aquella primera visita. Mi paciente no había manifestado hasta entonces ningún tipo de conflicto interno ni dificultad psicológica significativa. Se había limitado a exponer un debate entre la ficción literaria y la realidad, un tema fascinante pero inútil en la consulta de un terapeuta, dado que los terapeutas trabajamos exclusivamente con hechos reales.

Mis collares

Cuando el sol entra por la ventana del salón, *Mismís* y yo jugamos a los brillos. Busco un rayo con el cristal de mi reloj de pulsera y lo reflejo por las paredes, el suelo y los muebles, como si fuera un animal acechando a *Mismís. Él* lo persigue sin saber si es un insecto, un pájaro, una lagartija o un ratón hábilmente escurridizo. No lo pierde de vista. Se lanza contra el sofá, salta para cazarlo en la pared, lo rastrea por el suelo, lo espera al acecho cuando desaparece. Todo lo hace con las pupilas dilatadas y la cola arqueada, en posición de jugar.

Luego, cuando nos cansamos de la persecución, *Mismís* se acomoda a mi lado y me mira con las pupilas ya contraídas.

«¿Cómo es posible que a este individuo le divierta tanto reflejar un rayo de sol por toda la habitación?», parece decir sin palabras.

—Todo comenzó en el mar, como la vida —dijo mi paciente después de presentarse—. Pasé los veranos de mi infancia con mis abuelos, en una casa de pescadores, en la Costa Brava. Todas las mañanas paseaba por la playa mirando al suelo. Coleccionaba conchas de moluscos, caracolas y piedras de colores. Luego me pasaba la tarde ordenándolas por tamaños y colores, y las guardaba en tarros de cristal. Llegué a tener más de quince tarros llenos de conchas y piedras, unas más oscuras, casi negras, otras muy claras, casi blancas. Ese contraste cromático me animó a mezclarlas. Mi abuelo tenía un garaje lleno de herramientas y me ayudaba a perforar las conchas, las caracolas y las piedras con la ayuda de un taladro y una broca muy fina. Luego me sentaba en un banco que había junto a la puerta de la casa y las iba engarzando en el sedal que mi abuelo usaba para pescar. Es un recuerdo imborrable, los dos trabajando en silencio, yo con mis conchas, él con sus anzuelos y sus cañas, el mar respirando ante nosotros, las sombras alargándose, la luz violeta del cielo y el olor de la cena reclamándonos desde el interior de la casa.

El recuerdo la hizo enmudecer, circunstancia que aproveché para tomar una nota rápida: «Cuidado: esta señora me está recitando un poema en prosa».

—Al principio mezclaba las piezas de un modo aleatorio —continuó diciendo—, pero enseguida busqué patrones determinados, unos más simétricos, otros más cromáticos. Hice decenas de collares y pulseras para llevar en las muñecas o los tobillos y comencé a regalarlos. Primero a mis abuelos, a mi madre y a mis hermanos, luego a mis amigos y, más tarde, acabé montando una pequeña exposición en la playa, sobre una mesa plegable, para que la gente pudiera escoger el que más le gustase. No pretendía ganar dinero, pero todo el mundo me daba algo por ellos. Al final, decidí ponerles precio y, casi sin querer, comencé a venderlos. No tardé en recibir encargos.

- Un collar de dos vueltas.
- Unas pulseras a juego.
- Unos pendientes.

—Llegaron a encargarme unas cortinas para un salón. Pasaba las tardes engarzando trozos de la playa, sentada en el banco junto a mi abuelo, sin pensar en nada. Solo me dejaba llevar, como si fuera una cometa y me moviera siguiendo la brisa del mar. Cuando terminaba el verano, regresaba a Barcelona con mi madre y tenía que esperar hasta el año siguiente para volver a la playa.

«Que yo sepa, en Barcelona también hay playa», anoté.

—Me cansé pronto de estudiar. No era mala estudiante, pero no me interesaba ninguna asignatura en particular. Solo quería hacer collares y pulseras, así que me matriculé en un Grado de Joyería Artística y comencé a asistir regularmente a ferias y mercadillos, donde montaba una parada con mis collares de conchas y caracolas. Vendía mucho, casi todo, pero no era mérito mío. La gente venía atraída por el mar. Solo eso. Llegué a tener más encargos de los que pude atender, así que tuve que pedir ayuda a mis compañeras de estudios. Trabajábamos en el salón de mi casa. Al principio solo por las mañanas, luego también por las tardes. A veces, teníamos que seguir trabajando por las noches. Ya no nos dedicábamos solo a las conchas y las caracolas. Si lo hubiéramos hecho, habríamos agotado las reservas de todas las playas catalanas. Tuvimos que ampliar el catálogo de materiales, evitando, eso sí, trabajar con plásticos y materiales sintéticos. Engarzábamos minerales, monedas, piezas de nácar, bolitas de madera, dientes de leche, trozos de cuero, cintas de seda o piedras de río. Seguíamos yendo a los mercadillos y las ferias, pero al mismo tiempo comenzamos a vender por internet.

La interrumpí para tomar una nota: «¿Dientes de leche? ¿Y quién era su proveedor? ¿El ratoncito Pérez?».

—Tuve que contratar más personal —prosiguió ella—: un informático que actualizara nuestra página web, una gestoría que llevara las cuentas y pagase las nóminas, una agencia que se ocupara de la publicidad. Fue entonces cuando nació la marca Marine y el logo de la caracola. Supongo que lo conoce.

Asentí cerrando los ojos un momento.

—Para entonces ya no cabíamos en el salón de casa, así que alquilé un local cerca del piso de mi madre. Creé una sociedad limitada. Dejamos de ir a ferias y mercadillos. Nuestro negocio estaba en internet. Comenzamos a vender collares y pulseras fuera del país, a Francia, Italia, Alemania. Luego más lejos: a Suecia, Noruega, Rusia. Tuvimos que dejar el local y pasarnos a una nave en un polígono industrial, en el extrarradio de Barcelona. Comenzamos a vender fuera de Europa, a Sudamérica y al Sudeste Asiático. Abrimos un par de delegaciones extranjeras. Tuve que viajar. Quizá por eso apenas recuerdo aquellos años. Los viajes distorsionan el espacio, lo acortan, y por eso influyen en nuestra percepción del tiempo.

—Explíqueme eso —la interrumpí.

—Vivía a una velocidad excesiva —respondió ella—. Pasaba el día en los aeropuertos, trabajaba en las salas de espera y dormía en los vuelos. Siempre estaba conectada con la central de la empresa, que seguía estando en Barcelona. Era como si mi mente estuviera en un sitio y mi cuerpo en otro. Echaba mucho de menos el contacto con la tierra firme.

—Entiendo —dije, tomando una nota.

«Se convirtió en una astronauta.»

—La marca Marine siguió expandiéndose. Llegamos a vender nuestros productos en Nueva Zelanda, en la Polinesia, en las islas Maldivas. Una vez recibimos un pedido de Hanga Roa, en la isla de Pascua. Teníamos cinco sedes internacionales, más de treinta talleres y cerca de mil trabajadores. Otras empresas del sector no tuvieron tanta suerte. Algunas cerraron. Otras comenzaron a fabricar para nosotros. Fuimos lo suficientemente grandes como para cotizar en bolsa y abrimos una sede en Nueva York. Nuestras acciones se revalorizaron los tres primeros años. Recibimos ofertas de compra de varios grupos de inversión, pero siempre las rechazamos, no sé por qué, supongo que por la inercia del trabajo. ¿Cómo íbamos a vender algo que nos había costado tanto esfuerzo construir? A veces, actuamos siguiendo un criterio estrictamente temporal, incapaces de tomar una decisión drástica sobre algo en lo que hemos invertido mucho tiempo.

«Me apunto la frase para la colección.»

—En lugar de eso, decidimos abrir nuestras propias tiendas. Quisimos hacernos la competencia creando dos líneas de productos, una para vender por internet y otra exclusiva para nuestras tiendas. De ese modo obligamos a la clientela a visitarlas. Hicimos una buena campaña de publicidad, no sé si la recuerda. Era algo así como «Si no vas a las tiendas Marine, nunca sabrás lo que hay en ellas». No publicitamos el producto de ninguna otra manera. Nadie sabía lo que se vendía en nuestras tiendas y esa fue la clave de nuestro éxito. Solo en Estados Unidos tenemos treinta tiendas. En Europa, más de cien. Trescientas en todo el mundo. Eso sin contar las franquicias, los distribuidores oficiales y los puntos de venta autorizados.

Tomé una nota a vuela pluma: «Está en lo cierto: no he ido nunca a una tienda Marine y no sé lo que hay en ellas».

—No he escuchado ningún problema todavía —dije después.

Ella asintió.

—Lo sé —dijo—. El problema es que quiero cambiar de vida. No me gusta mi percepción del tiempo. Vivo en Nueva York, sola, en un apartamento de ensueño, con vistas a Central Park, del que apenas disfruto porque siempre estoy viajando. Además, me disgusta esa ciudad, seguramente porque no es una ciudad, al menos no una ciudad del presente. Las grandes urbes son anticipos del futuro. Y lo que yo quiero es vivir en el pasado, en un lugar que me traiga recuerdos de la infancia. Creo que eso me ayudaría a percibir el tiempo de un modo más amable.

—Por lo que he escuchado —dije haciendo un ejercicio de suposición—, puede usted vivir donde quiera.

—Lo sé —volvió a decir.

—¿Dónde le gustaría vivir?

—En casa de mis abuelos.

—¿Conserva esa casa?

Ella negó con un murmullo.

—Mi madre la vendió cuando mis abuelos murieron —dijo.

—Si quisiera, podría comprarla —insistí—, ¿no es así?

Me la imaginé llamando a la puerta con un cheque en blanco en la mano. Ella encogió los hombros, que era tanto como asentir.

—¿Podría dirigir su empresa desde allí? —continué preguntando.

Ella ladeó la cabeza.

—Tendría que seguir viajando —dijo.

—¿No puede delegar sus viajes en otra persona?

—La marca Marine soy yo —respondió señalándose el pecho—. No puedo delegar en nadie.

«No debo olvidar que se llama Marina Sanz», anoté. Y una vez más me sorprendió la capacidad que tienen los nombres propios para esclavizarnos.

—Le propongo un ejercicio mental —dije con un dedo levantado—. Cierre los ojos e imagínese durante unos minutos que no es usted.

—No soy yo.

—Es otra persona. Puede ser quien quiera. No se llama Marina ni es la creadora de su empresa ni de su marca. ¿Puede hacerlo?

Ella cerró los ojos, echó la cabeza hacia atrás y alzó una mano para indicarme que ya estaba preparada.

—Concéntrese y dígame cómo se siente.

—Liberada —respondió después de unos segundos—, como si me hubiera quitado un enorme peso de encima.

—¿Qué le gustaría hacer?

—No lo sé.

—¿A qué le gustaría dedicarse?

Frunció el ceño y sonrió.

—Me gustaría vivir en la playa —dijo.

—¿Le gustaría tomar el sol?

Ella negó suspirando.

—Me gustaría pasear por la orilla del mar —respondió.

—¿Solo eso?

—Me gustaría coleccionar conchas de moluscos, caracolas y piedras de colores. También me gustaría ordenarlas por tamaños y colores, perforarlas con la ayuda de un taladro y engarzarlas en un hilo de pescar.

«No se olvide de los dientes de leche», anoté.

—Lo que no me gustaría sería venderlas —añadió.

—¿No? —repetí yo.

Ella abrió los ojos y me sostuvo la mirada con firmeza.

—Las regalaría a mis familiares y a mis amigos, pero nunca cometería el error de cobrar dinero por ellas. No aceptaría encargos ni por supuesto acudiría a ningún mercadillo. Tan solo haría collares para que la gente pudiera llevar encima un trocito del mar. No olvide que todo comenzó en el mar.

Mi esposo

Hay temporadas en que *Mismís* necesita darse una vuelta nocturna por los tejados siguiendo el rastro de alguna hembra en celo. No se lo reprocho. Al contrario, dejo una ventana abierta para que regrese cuando quiera. A veces no lo hace en toda la noche y, cuando finalmente aparece, se pasa todo el día durmiendo, como si necesitase recuperar hasta la última de sus fuerzas. Entonces tengo la sensación de convivir con un hijo adolescente y me dan ganas de darle algunos consejos paternos.

—¿Dónde has estado? ¿Con quién vas? Elige bien a tus amigos y cuídate de las malas compañías. No se te ocurra tener relaciones con una gata sin ponerte un preservativo, *Mismís*. No quiero que ocurra un accidente. Tienes toda la vida por delante para tener gatitos.

Nunca ha traído una gata a casa. Quizá cree que voy a sermonearla a ella también. En todo caso, el pobre me mira con ojos tristes cuando el celo de las gatas se termina.

«No sabes la suerte que tienes, humano», parece decirme, «al haber convertido el sexo en una actividad recreativa que solo tiene intenciones reproductivas de vez en cuando. Yo no fornico por placer. Siempre lo hago con intención de reproducirme. ¡Y eso lo hace todo tan jodidamente trascendente!»

Reconocí a mi nueva paciente en cuanto cruzó sus piernas delante de mí. Había colgado su levita de piel en el perchero de la consulta antes de sentarse. Llevaba un vestido corto y unos leotardos oscuros que resaltaban el perfil de su silueta. Parecía estar a contraluz, protagonizando un eclipse.

—No sé si se acuerda de mí —dijo antes de que yo le hiciera ninguna pregunta.

Asentí con los párpados.

—Es usted Susana, la mujer de uno de mis pacientes. Hace poco estuve en su casa.

Ella negó sonriendo.

—No soy quien usted cree —dijo—, aunque es cierto que el otro día me vio usted en casa de Alberto Bergua.

—¿Alberto Bergua? —repetí yo, consultando mi cuaderno de notas—. Mi paciente se llama Roberto, Roberto Bergua.

—Roberto es el hermano de Alberto —dijo ella.

Y me obligó a rascarme la frente en varias direcciones y sentidos.

—Son hermanos gemelos —añadió—. Supongo que ya lo sabía. El que viene a su consulta es Roberto.

Tomé una nota rápida: «¿De verdad era necesario poner a dos gemelos nombres tan parecidos como Roberto y Alberto?».

—Entonces, ¿usted es la esposa de Alberto?

Ella no respondió a mi pregunta.

—Recuerdo muy bien la noche que estuvo en casa —se limitó a decir—. *Harpo* y *Chico* le sorprendieron espiándonos por el ventanal del salón.

—¿Se refiere usted a sus perros?

Susana abrió los ojos, sorprendida de escuchar una pregunta tan retórica en boca de un psicólogo. No advirtió que mi estupor era casi una airada protesta por dirigirse a sus perros con dos grandes nombres de la comedia.

—Aquella noche usted habló con Alberto creyendo que lo estaba haciendo con Roberto —dijo—, ¿no es así?

Me señaló con el dedo, acusándome de una incompetencia evidente. Y aprovechó el eco de su pregunta para colocar ambas manos sobre la rodilla de la pierna cruzada.

—No se preocupe si fue así —añadió—. Son gemelos idénticos, iguales como dos cigüeñas, dos cabinas de teléfono o dos rayos de sol. Yo también los confundía al principio.

«Yo habría dicho *como dos gotas de agua,* pero usted sabrá», escribí. Y me recosté en la butaca para dejarla hablar.

—Conocí a Roberto en la universidad —dijo—. Solíamos estudiar juntos en la biblioteca de la Facultad de Empresariales. Cada vez que salía a respirar un poco de aire fresco o a tomar un café, Roberto me acompañaba.

> —Deja que te invite.
>
> —Ya me invitaste ayer.
>
> —No lo recuerdo.
>
> —Me invitas cada día.
>
> —Tengo muy mala memoria.
>
> —No digas eso.
>
> —No sé a qué te refieres. He olvidado lo que he dicho.

—Era un cómico en potencia, realmente divertido. Quizá el hombre más divertido que he conocido nunca. Por eso me gustaba estar con él. Su hermano Alberto, en cambio, no me dirigió la palabra hasta unos meses después. Era muy reservado. Se sentaba en una esquina de la biblioteca, parapetado detrás de sus apuntes, y nos miraba de vez en cuando. Roberto me habló de él.

> —No te sorprendas si un día te miro sin decirte nada —me dijo—: tengo un clon.

—Yo me reí.

> —¿Un qué?
>
> —Mis padres me hicieron por duplicado, por si un día tengo una necesidad orgánica.

—¿Qué clase de necesidad orgánica?

—Puedo necesitar un trasplante de hígado, de pulmón, de riñón o de corazón.

—No digas tonterías.

—También puedo necesitar que alguien vaya a trabajar en mi lugar, por eso Alberto estudia lo mismo que yo. Conviene que entienda de mercados y finanzas para que me sustituya en el trabajo, mientras yo paso el día contigo en la playa.

—Sabía que me encantaba la playa. Yo misma se lo había confesado alguna vez.

—Tú también lo necesitas —me dijo.

—¿Qué necesito?

—Tener un clon, como yo. Así podrías pasarte el día en la playa conmigo.

—¿Y qué te hace pensar que no lo tengo?

—Entonces él me miró muy serio, negando con la cabeza, y me dijo las cuatro palabras más estimulantes que he escuchado en toda mi vida.

Guardó un silencio protocolario para que yo le hiciera la pregunta oportuna.

—¿Qué palabras?

—Tú no eres clonable.

«No creo que el término "clonable" aparezca en ningún diccionario, así que solo son tres palabras estimulantes y una ocurrencia», anoté.

—Cada tarde se repetía el mismo ritual —continuó diciendo ella—. Primero estudiábamos un rato y luego salíamos afuera para charlar y reírnos. Él provocaba mi risa y mi risa provocaba la suya. No sé si me explico. Yo me reía de sus ocurrencias y él se reía complacido de que sus ocurrencias me hicieran reír. Su risa era un reflejo de la mía. Estaba acostumbrado a convivir con su reflejo. Una vez me dijo que su hermano le daba miedo.

> —¿Tú has soñado alguna vez que te levantas de la cama, vas a la cocina y te encuentras a ti misma sentada ante un vaso de leche en actitud meditabunda? Bien, pues a mí eso me pasa a menudo. A veces tengo ganas de ir al baño y ya estoy dentro, ocupando un espacio que necesito usar yo mismo. Cuando eso sucede, dudo de dónde estoy. ¿A qué lado de la puerta del baño me encuentro? ¿Quién soy realmente? Y, sobre todo, ¿quién es él? Dicen que hay un ser idéntico a nosotros en alguna parte del planeta. El mío vive en mi casa, y durante años durmió en la misma habitación que yo.

—No sé si me sentía atraída por él o solamente halagada. A veces creo que el amor es solo eso, una cuestión de autoestima. Si alguien te hace sentir bien contigo misma es porque te has enamorado. El único sentimiento que importa es el amor propio, ¿no le parece?

No asentí ni negué, tan solo emití un murmullo indescifrable. Y apunté la frase para mi colección.

—Solíamos quedar en un pub de estilo irlandés que hay cerca de la facultad para tomar unas pintas de cerveza. Era un sitio oscuro y reservado. Allí nos besamos por primera vez. Acabábamos de dar el primer trago a las cervezas y nuestros labios se llenaron de espuma. Él se acercó para limpiarme con una servilleta y yo aproveché para besarlo. Fue un beso amargo y frío. Unos días después nos acostamos por primera vez. Sucedió en su casa. Sus padres y su hermano estaban pasando unos días fuera de la ciudad, en un pueblo de montaña donde tenían una casa. Roberto me enseñó su habitación y también la de su hermano, pero hicimos el amor en la cama de sus padres. Era una cama antigua que había pertenecido a sus abuelos.

> —Mi padre fue concebido en esta cama —me dijo—. Probablemente yo también lo fui, de modo que no hay un lugar más adecuado que este para follar, ¿no crees?

—Siempre estaba de broma, pero aquella vez parecía hablar en serio.

> —No hemos venido aquí a procrear —me apresuré a decirle, por si había perdido el juicio.

—Él sonrió espirando por la nariz, como quien escucha una tontería.

> —Al cerebro le da igual —dijo.

—Era algo que decía muchas veces.

> —El cerebro no sabe diferenciar lo real de lo ideal. Es la mayor obra de la creación y funciona con esta imperfección. Se folla para procrear, ¿para qué si no?, pero el cerebro es incapaz de apreciar la diferencia entre un acto reproductivo y uno meramente recreativo. El cerebro es solo un contestador automático. No hace llamadas, solo las recibe. Y si no estás en casa, te deja un mensaje grabado que a veces cuesta mucho borrar.

Se quedó mirándome. No él a ella, sino ella, mi paciente, a mí.

—No sé si usted está de acuerdo con eso —me dijo.

Esta vez emití un murmullo doble para que resultara negativo.

—No se puede decir nada tan simple de un órgano tan complicado —respondí tratando de hacer un juego de palabras—. El cerebro es capaz de dar forma a la realidad, a los sueños, a lo imaginado y a lo inexistente. No es un contestador automático, tampoco es un teléfono para hacer llamadas. Es mucho más que eso: es la línea telefónica, el cableado, los postes, las antenas. El cerebro es la compañía de teléfonos.

Susana asintió sonriendo y yo advertí que me estaba comportando como Roberto Bergua, forzando mi discurso hacia el alarde, cerca de la vehemencia. Lo que no supe es si solo estaba imitándolo o compitiendo con él por el perfil de las piernas que tenía delante. La perfección anatómica de Susana había comenzado a estimular mis competencias lingüísticas.

Ella prosiguió su relato.

—Cada vez que sus padres y su hermano se iban a la montaña, Roberto y yo pasábamos el fin de semana en su casa. Nos comportábamos como una pareja de recién casados. Cocinábamos, estudiábamos, veíamos la televisión, hacíamos el amor en la cama de sus padres. Roberto era un amante muy entregado. No dejaba que yo le hiciera nada. Él no estaba allí para recibir placer, sino para darlo. Me lo dijo muchas veces. Toda su preocupación era que yo me relajara primero, me excitara después y volviera a relajarme más tarde. Lo que más le seducía era verme dormir después del orgasmo.

> —El verdadero placer no se obtiene con el orgasmo —solía decirme—, sino con el sueño que viene después. El sexo es eso, un sueño de placer. La humanidad se reproduce durmiendo.

Hizo una pausa para cambiar de postura. Descruzó una pierna y cruzó la otra. Su perfil no se resintió, ni tampoco su simetría.

—Uno de aquellos fines de semana percibí algo insólito en él —prosiguió.

—Dígame qué.

—Se dejó tocar. Comencé a acariciarle el pecho y, en lugar de retirarme la mano como otras veces, se dejó hacer, cerrando los ojos y relajando el gesto. No me desagradó, por supuesto, aunque sí me sorprendió. Unas veces se dejaba tocar y otras solo tocaba él. Unas veces era incorpóreo y otras no. Era como hacer el amor con dos personas distintas.

Nuevo cambio de piernas.

—No tardé en comprender lo que estaba sucediendo. Fue al despertar del sueño que sigue al orgasmo. No sé si a todo el mundo le pasa, pero los primeros segundos que transcurren cuando me despierto son de una clarividencia extraordinaria, como si abriera una ventana que diera al amanecer.

—Dígame lo que sucedía.

—Estaba haciendo el amor con dos personas distintas. El tipo que había acostado a mi lado no era Roberto, sino su hermano Alberto. No cabía otra explicación posible y, por extraño que parezca, ese descubrimiento no me causó ningún trauma. Era como si mi cerebro acabara de descubrir algo que mi cuerpo ya sabía.

Guardó un silencio reflexivo que yo aproveché para formular una de esas hábiles preguntas de la psicología:

—¿Qué hizo entonces?

—Nada —respondió ella—. No quise desenmascararlo.

—¿Por qué no?

Me miró antes de responder.

—Me gustaba —dijo, al principio en un susurro.

Le devolví la mirada.

—Me gustaba aquella situación, sí —añadió ella, elevando el volumen de su voz a modo de desafío—. Y también me excitaba, como si al placer del sexo se le añadiera la emoción de un misterio. ¿Con quién estoy haciendo el amor hoy? ¿Se deja tocar o rechaza mis caricias? ¿Me ha hecho reír? ¿Mantiene los ojos abiertos o cerrados? ¿Entrecruza las piernas con las mías? ¿Dibuja un círculo alrededor de mi ombligo? ¿Suspira de vez en cuando? ¿Murmura algo incomprensible antes de llegar al orgasmo?

Carraspeé un par de veces y tomé unas notas para disimular mi incomodidad. «Escena final para una película porno: dos gemelas idénticas hacen el amor con dos gemelos idénticos y el espectador tiene que adivinar quién es quién.»

—¿Y Roberto? —pregunté—. ¿Sabía que su hermano se acostaba con usted?

Me pareció injusto que el único engañado de aquel trío fuera él. Susana elevó los hombros antes de responderme.

—Al principio, no —respondió—. Sus padres estaban haciendo obras en la casa de la montaña, de modo que él y su hermano se turnaban para prestarles ayuda los fines de semana. En teoría, no era difícil saber quién se iba a quedar conmigo en la ciudad, pero muchas veces se cambiaban el turno en el último momento.

—Ve tú, que yo tengo que estudiar.

—O:

—Estoy un poco resfriado y me duele la espalda.

—Sus padres solo reclamaban la colaboración de uno de ellos, a sabiendas de que ambos tenían planes para el fin de semana. Puede que no supieran cuál de los dos los acompañaba y se pasaran el fin de semana preguntándose si estaban con Alberto o con Roberto, igual que hacía yo. Lo curioso del caso es que esa situación solo sirvió para unirlos más que nunca.

—¿A qué se refiere? —pregunté.

Ella mostró un dedo y respondió.

—Dejaron de ser dos personas distintas para convertirse en una sola. Alberto comenzó a desarrollar su lado más cómico para parecerse a su hermano. Roberto, en cambio, percibió que algo había cambiado entre nosotros y fue perdiendo parte de su chispa. Se volvió más silencioso y enigmático, sumido en un grave dilema. Poco a poco fueron convirtiéndose en la misma persona, que no era tan delirante como Roberto ni tan circunspecta como Alberto, algo así como un término medio entre los dos.

Me dio tiempo para que tomase una nota: «No se pueden hacer medias aritméticas con las personas, mi amor».

—La situación acabó derivando en el absurdo —añadió—. Tiene sentido relacionarse con dos hombres a la vez si son distintos. Si son idénticos en todo, hasta en el físico, es mejor elegir a uno de ellos. Y solo una diferencia los separaba: uno mostraba seguridad en sí mismo y el otro no. ¿Por cuál se habría decidido usted?

Asentí, aunque debería haber negado. Somos los psicólogos los que hacemos las preguntas difíciles.

—¿Qué pasó después? —dije.

—Roberto descubrió lo que había sucedido en cuanto Alberto y yo comenzamos a salir juntos.

Resopló antes de continuar.

—Su primera reacción fue el silencio, algo impropio de un tipo tan locuaz como él. Luego llegaron los reproches. A su hermano lo acusaba de haber suplantado su personalidad y a mí de no haberme dado cuenta de nada. La situación se volvió insostenible. Era como si el espejo que los reflejaba se hubiera roto en mil pedazos. Roberto tuvo que irse de casa. Lo dejó todo y se fue a Sudamérica.

—¿Y usted?

—Yo me quedé aquí.

Le mostré las palmas de mis manos.

—Discúlpeme —me apresuré a decir—, no pretendía juzgarla. Solo quería saber cómo se tomó usted la situación.

—Bien y mal, las dos cosas a la vez. Me sentía humillada y halagada, enamorada y desencantada, miserable y dichosa. Tuve muchos altibajos. Pasaba la mañana haciendo planes de futuro y por la tarde me deprimía. Unos días me levantaba con ganas de comerme el mundo y otros con ganas de seguir en la cama, ajena a todo. Alberto me daba su cariño, pero yo me sentía culpable por Roberto, sobre todo los días que me llamaba por teléfono.

—¿Qué le decía? —pregunté abriendo mi cuaderno.

—Nada —respondió ella—. Seguía sin hablarme. Simplemente sosteníamos los teléfonos encendidos durante un par de minutos. Luego él colgaba. O colgaba yo. O los dos a la vez. Da igual. La cuestión es que esas llamadas alimentaban mi lado más perverso.

Levanté la mirada del cuaderno.

—¿Qué quiere decir?

—Esas llamadas me producían un placer íntimo difícil de explicar, como si alimentaran el fuego de mi odio. ¿Usted nunca ha sentido el ardor del fuego en su interior?

De nuevo formulaba una pregunta difícil.

—¿De qué clase de fuego estamos hablando? —pregunté.

—Del único que hay —respondió ella—, del fuego que abrasa todo lo que toca. En mi interior hay fuego, un incendio de rencor, odio y malos pensamientos, pero también hay agua, mucha agua, un océano de paz y sosiego que huele a algas y a sal marina. Unas veces soy fuego, y otras, agua.

—Comprendo —dije tomando una nota rápida. «¿Me encuentro ante un trastorno disociativo de identidad o ante el estribillo de una canción de Julio Iglesias?»

—Poco a poco, mientras el fuego y el agua se separaban dentro de mi cabeza, me fui convirtiendo en dos personas distintas —continuó diciendo—. Fue un proceso totalmente natural que no dependió de mi voluntad. No pude hacer nada por evitarlo. Por las mañanas me miraba al espejo y me daba cuenta de las múltiples diferencias que había entre las dos personas reflejadas. Nunca supe cuál de las dos era yo de verdad. A veces creo que ninguna de las dos. Yo solo era el espejo donde ambas se miraban.

—¿Acudió a algún especialista? —le pregunté.

Ella torció el cuello para que su melena se derramase sobre el hombro correspondiente.

—No fue necesario —respondió—. No era nada traumático. Pasé años desdoblando mis facultades y competencias de forma natural hasta que me convertí en dos personas de verdad. Por eso le he dicho al principio que no soy quien usted cree.

—¿No? —dije muy serio.

Ella negó.

—Usted cree que soy Susana, la mujer de Alberto

Bergua, pero se equivoca. Mi nombre es Rosana y nunca he estado casada.

Le sostuve la mirada sin pestañear. Creía que iba a continuar hablando sobre las dificultades que le ocasionaba su doble personalidad, pero no dijo nada más. Era como si todo lo que me había contado perteneciera al historial de Roberto Bergua, no al suyo. Ella no tenía ningún problema. No era una paciente y nunca lo había sido. Descruzó las piernas para ponerse en pie. Se estiró el vestido, cogió su levita de piel y se marchó, dejando en la consulta el eco de sus tacones confundido con el de sus palabras.

Sonreí al recordar lo que había dicho. El cerebro no sabe diferenciar lo real de lo ideal. La mayor obra de la creación funciona imperfectamente.

Mi sexo

Los gatos creen que todos los animales son gatos, los humanos y los perros incluidos, con la diferencia de que estos últimos son gatos malos. He leído sobre este tema en alguna parte, aunque supongo que solo se trata de una hipótesis difícil de probar. Lo cierto es que *Mismís* me trata como a un congénere de su misma especie. Me lame la cara, juega conmigo, busca mi compañía y se duerme siempre a mi lado, en contacto con alguna parte de mi cuerpo. Para *él* debo de ser un gato grande, bípedo, desprovisto de pelambre y sin ninguna capacidad de ronronear, salvo cuando alguna vez ronco en lo más profundo de la noche.

Algunas veces, *Mismís* se agarra a mi brazo y alivia su tensión sexual frotándose contra él. Supongo que entonces me considera una gata, salvo que *Mismís* sea homosexual, hipótesis que tampoco veo el modo de probar. Ignoro si para *Mismís* soy un macho o una hembra. Me limito a dejar el brazo inmóvil para no interferir en sus movimientos y para que termine lo antes posible. No es agradable que te confundan con una gata en celo, especialmente si no eres una gata y no estás en celo.

La paciente que se sentó frente a mí esa mañana suspiró profundamente antes de hablar.

—Nunca pensé que la pornografía fuera tan excitante —dijo—. No sé por qué, quizá porque es un producto obsceno y vulgar destinado al público masculino. Hay cientos de páginas pornográficas en internet, aunque al final solo unas pocas cuelgan vídeos originales, las demás los replican. Nunca había tenido ningún interés en todo esto. Jamás había comprado revistas ni había visto películas X, ni siquiera cuando Peter me lo proponía. Supongo que me parecía una especie de adulteración emocional, algo así como «Si tienes que mirar lo que sucede en una pantalla para desear a tu pareja, es que algo va mal entre los dos». Me interesé por el porno cuando me enteré de que Peter lo consumía. ¿Qué era exactamente lo que buscaba ahí? Lo cierto es que nuestra vida sexual era rutinaria, predecible y poco satisfactoria, tan poco satisfactoria como puede ser algo rutinario y predecible, no sé si me explico. Hacíamos el amor una vez al mes, incluso una vez cada dos meses, una frecuencia que mejoraba un poco en verano, especialmente en la época de las vacaciones.

«¿Y si cogían las vacaciones en invierno?», pensé sin tomar ninguna nota.

—Me enteré de que Peter veía porno cuando cambió de posición la mesa del ordenador —siguió contándome—. Siempre la había tenido pegada a la pared. Un día se empeñó en cambiarla de sitio, alegando problemas de luminosidad, pero solo pretendía que la pantalla del ordenador no quedara a la vista. Eso me dio que pensar. Bastó una consulta al historial de su navegador para descubrir los tres portales pornográficos que visitaba. No eran nada especial. No había vejaciones ni abusos de ninguna clase, simplemente eran mujeres masturbándose en ropa interior y parejas fornicando.

Hizo una pausa. Al fin.

—¿Qué sintió usted en ese momento? —le pregunté.

—No me importó que viera parejas fornicando —respondió ella.

—¿Por qué no?

—Somos primates, ya sabe, actuamos por imitación. Si alguien ríe, nos reímos. Si alguien llora, nos emocionamos. Si vemos a una pareja fornicando, nos entran ganas de fornicar. Lo que me disgustó fue que viera a otras mujeres masturbándose.

—¿Sintió celos?

—Supongo que sí. Y creo estar en mi derecho.

—Explíquese.

—Los celos son una prueba de amor —se explicó—. Hoy en día están mal vistos porque todos aspiramos a ser libres e independientes, pero yo conozco mis sentimientos. Me disgusta que mi marido se excite viendo a otras mujeres. No sé cómo lo ven ustedes, los psicólogos, pero los celos existen para garantizar la pureza de la estirpe. Son una prueba ancestral de la genealogía del clan.

—Hay límites —dije yo con cautela.

—¿Qué clase de límites?

—Los mismos que para el resto de las emociones humanas —respondí—. Todos sentimos lo mismo: amor, odio, celos, vergüenza, envidia, admiración y repulsión. El problema es traspasar los límites por debajo o por encima de los márgenes que consideramos normales.

—No creo que mis celos estuvieran por encima de ningún límite —dijo ella—, y sin embargo sentí el deseo de la venganza. Fue el típico comportamiento acción-reacción.

—¿Qué hizo?

—Cuando él se iba de casa, yo encendía su ordenador y entraba en las mismas páginas que había consultado él. Descubrí que lo primero que veía eran mujeres masturbándose. Luego buscaba vídeos de hombres eyaculando. Era como si siguiera una secuencia lógica: primero excitación y luego eyaculación. A mí me pasaba al revés. Primero me fijaba en los hombres y después en las mujeres. Era un fenómeno de complementariedad sexual. Observábamos las mismas imágenes, aunque en distinto orden, y acabábamos masturbándonos placenteramente. Quizá por eso tomé la decisión de no decirle nada. Me pareció que esa forma de satisfacción mutua podría enriquecer nuestra relación.

La detuve con un dedo extendido.

—Si su marido no sabía nada —dije—, no puede hablarse de una verdadera forma de satisfacción mutua, ¿no cree?

Ella encogió los hombros y sonrió con una mueca traviesa.

—Qué importa eso —exclamó—. Al cerebro humano no le importan las cuestiones morales, al menos en lo que concierne a su parte más ancestral, la que reside en el sistema límbico.

Repasé su ficha. Le había preguntado muchas cosas, pero no a qué se dedicaba.

—Soy bióloga marina —me informó—. Trabajo con orcas y delfines en un parque acuático de Tenerife. Después de pasar años estudiando el comportamiento de los animales, he llegado a comprender mejor la parte reptiliana de nuestro cerebro. Todos los cordados compartimos el mismo origen evolutivo.

«Bióloga marina, sin acento canario, que trata a los humanos como si fueran peces», anoté en su ficha.

—¿Qué quiere decir con eso? —le pregunté.

—Que el cerebro de las emociones más primarias,

como las que determinan las relaciones sexuales, no tiene en cuenta los principios morales ni las conveniencias éticas, de modo que la relación pornográfica que manteníamos mi esposo y yo era plenamente satisfactoria con independencia de si la habíamos comentado o no.

—Entiendo —dije.

Y tomé otra nota: «Es una bióloga marina sin acento canario, pero con muy mala hostia».

—Nuestros encuentros sexuales se espaciaron más todavía —añadió—. Hacíamos el amor tres o cuatro veces al año. No más. Y sin embargo todo parecía ir bien entre nosotros, hasta que un día contemplé un vídeo que me perturbó.

Hizo una pausa y aprovechó para beber un poco de agua.

—¿Qué vio? —dije preparándome para escuchar algún tipo de perversión.

—Vi el árbol que hay en nuestro jardín.

—¿Cómo dice?

—Un hombre se masturbaba ante una *webcam*, delante de una ventana. La cortina estaba descorrida y por el cristal se veía un arce negundo como el que tenemos en nuestro jardín, lo que significaba que el hombre del vídeo era Peter.

«Delatado por su propio árbol», anoté a modo de titular.

—¿Reconoció alguna parte de su cuerpo? —pregunté.

—Sí, pero después de identificar el arce. De no haber sido por él, no me habría fijado en nada. No cabía ninguna duda. Peter se había grabado y había subido el vídeo a una de sus páginas favoritas. —Suspiró antes de continuar—. Durante un par de días no supe cómo reaccionar. Se supone que la intención de Peter era excitar a otras mujeres, o a otros hombres, así que decidí jugar al contraataque.

Otra pausa.

—¿Qué hizo esta vez? —pregunté.

—¿Qué cree que podía hacer? Me compré ropa interior sexy y me grabé con la *webcam*. Subí el vídeo a la misma plataforma que había usado mi esposo y esperé. Esa misma noche, más de cincuenta personas ya lo habían visto. Peter lo vio un par de días después, tal como me confirmó el historial de su navegador. Mi ego estaba en todo lo alto, así que decidí subir nuevos vídeos con ropa todavía más atrevida: braguitas minúsculas, corpiños de encaje, medias de malla y un consolador. Él también grabó nuevos vídeos. Según el historial, primero veía mis vídeos y luego grababa y subía los suyos, como si de verdad estuviéramos haciendo el amor los dos juntos.

Alzó los hombros y las cejas, como si alguien tirase de ella desde arriba.

—Habíamos logrado mantener relaciones sexuales a través de internet —dijo—, lo cual podría tener algún sentido si viviéramos separados por la distancia, él en la isla y yo en el continente, por ejemplo, pero resultaba ridículo si vivíamos en la misma casa y utilizábamos el mismo ordenador y la misma *webcam* para grabar nuestros actos.

Quise preguntar algo importante.

—¿Usted cree que él la reconoció?

Ella torció la cabeza.

—No estoy segura —respondió—. Al principio diría que no, pero luego fui dejándole pistas.

—¿Qué clase de pistas?

—Tengo una peca en la ingle. En los primeros vídeos la ocultaba con la ropa interior, luego la dejé a la vista.

Decidí hacer una pausa para tomar una nota. «Curioso: mostrar una peca puede causar más pudor que masturbarse delante de una cámara.»

—¿De verdad cree que eso puede considerarse una relación verdaderamente sexual? —pregunté.

Ella inspiró profundamente, como si fuera a declamar un largo poema que se hubiera aprendido de memoria.

—Ya le he dicho que el cerebro es muy antiguo —dijo—, al menos una parte de él. Resulta muy fácil sugestionarlo. Ustedes, los psicólogos, influyen a veces en las conductas de sus pacientes haciéndoles recordar algo maravilloso. El cerebro responde a los estímulos de la felicidad, aunque provengan de un simple recuerdo. Y lo mismo sucede con los gestos. Los estímulos de la felicidad se activan cuando hacemos el gesto de sonreír, aunque no nos sintamos alegres. Estiramos los labios y el cerebro reacciona ante una supuesta felicidad.

Se calló un momento.

—No pretendo darle lecciones de nada —se excusó—. La relación entre las estructuras neuronales y los sentimientos es bidireccional: los neurotransmisores pueden provocar la risa o viceversa.

«La risa puede provocar el intercambio de neurotransmisores», anoté, «lo que significa que la felicidad no es más que una ilusión emocional.»

—El sexo virtual que practico con mi marido activa en nuestros cerebros las mismas áreas del placer que si estuviéramos haciendo el amor en la cama.

Pedí la palabra.

—Me temo que no puedo estar de acuerdo con eso —dije.

Ella se cruzó de brazos, a la espera de mi explicación.

—No voy a rebatir su teoría sobre las estructuras neuronales —añadí—. No soy biólogo ni neurólogo. Si no estoy de acuerdo es porque ignoro si su marido hace virtualmente el amor con usted o con una persona anónima. ¿Alguna vez se han enviado mensajes?

—¿Cómo íbamos a hacer eso? —respondió ella, negando con la cabeza.

—Supongo que cuando alguien sube un vídeo a

una plataforma pornográfica puede recibir mensajes —dije.

Ella se acarició la barbilla.

—¿Qué me sugiere?

—Envíele un mensaje.

—¿Qué puedo decirle?

—Dígale, por ejemplo, lo mucho que le excitan sus vídeos.

—¿Y luego?

Borré mis palabras con las manos.

—No lo sé, discúlpeme, solo estaba pensando en voz alta. Puede que no sea una buena idea. Hábleme de su familia.

Solo pretendía cambiar de conversación, el último recurso de un psicólogo abrumado ante un caso difícil.

—¿Qué quiere saber?

—Quiero conocerla mejor.

Ella murmuró algo que no entendí.

—Mi padre es un ser ausente —dijo—. Mi madre es una persona tóxica. Y mi hermana una persona intoxicada.

«A eso lo llamo yo capacidad de síntesis.»

—¿Esa es toda su familia? —dije.

—También está un hermano de mi madre, mi tío Toni, al que quiero como a un padre —respondió—. Vive en Tenerife.

—Comprendo —asentí, intuyendo por dónde debía continuar mi interrogatorio—. Dígame por qué es usted bióloga marina.

La pregunta le sorprendió tanto que se señaló con un dedo, confundida. «Sí, eso es», anoté. «Le estoy preguntando a usted, la única bióloga marina que hay en la consulta.»

—Siempre me han gustado los animales —afirmó.

—¿Qué clase de animales?

—Los del mar.

—Entiendo —dije.

Debí de parecer un imbécil.

—¿Y los de la tierra o el aire no le gustan?

—También.

—Entonces, ¿por qué quiso estudiar precisamente los del mar?

—¿Por qué no?

—¿De dónde es usted?

—De aquí mismo.

—Esta es una ciudad de interior. No es normal que una persona criada en una ciudad de interior se interese por la vida del mar.

—Si pretende decir que todos los biólogos marinos han nacido a orillas del mar, se equivoca. Jacques Cousteau nació cerca de París y Odón de Buen procede de Zuera, en la provincia de Zaragoza.

—¿Cómo se lleva usted con su madre y su hermana?

—¿Por qué quiere saberlo?

—Porque, como no soy biólogo ni neurólogo, debo investigar su personalidad y la única manera de hacerlo es formularle preguntas sobre sus orígenes y relaciones personales.

—No muy bien —respondió—. Ahora mismo debería estar con ellas. Vengo muy poco a la península.

—¿A qué ha venido esta vez?

—A un congreso sobre biodiversidad y cambio climático. —Se revolvió en el asiento antes de añadir—: Tenía la tarde libre y quería hablar con usted.

—¿Conmigo?

—Con un psicólogo como usted. En Tenerife no puedo visitar a ninguno. La comunidad científica es pequeña y nos conocemos todos. Las islas son cárceles de tierra firme, no sé si lo sabía. Los isleños lo sabemos muy bien, incluso los que hemos nacido en una ciudad del interior peninsular. Por eso, cuando venimos al continente, nos sentimos libres.

Asentí, tratando de no perder el hilo del caso.

—¿Desde cuándo no se lleva bien con su madre y su hermana? —pregunté.

—Desde siempre.

—¿Desde que su padre se convirtió en un ser ausente?

—No lo sé.

—¿No sabe si su relación con ellas empeoró por culpa de su padre? ¿Cuántos años tenía usted cuando se quedaron las tres solas?

—Doce, una edad difícil.

—A efectos de la psicología, no hay edades fáciles. ¿Echa de menos a su padre? ¿Piensa alguna vez en él?

—No lo sé.

Cerré el cuaderno, junté mis manos, dedo contra dedo, y la miré a los ojos.

—En lugar de estar visitando a su madre tóxica y a su hermana intoxicada —dije, tratando de resumir la situación—, ha venido usted a mi consulta aprovechando que estaba en la península, donde siente la suficiente libertad para acudir a un psicólogo. —Separé las manos para concluir—. ¿De verdad cree que es el momento de responder con evasivas?

Por toda respuesta, me pidió un vaso de agua.

—¿Qué quiere saber? —dijo después de haber bebido un trago.

—Hábleme de su padre.

—No era como los demás padres. Parecía un amigo o un hermano mayor. Siempre estaba de broma y era muy atractivo, con su barba pelirroja, su melena despeinada y su cinta en la frente. Me encantaba mirarlo. Tenía una belleza salvaje. Mi madre estaba loca por él y no me extraña. Todas las vecinas del barrio lo estaban, quizá mi hermana y yo misma también. No sé. Los sentimientos de admiración se parecen a los del deseo. Cuando se marchó de casa, las bromas y las risas fueron sustituidas por los reproches y el silencio. La negatividad de mi madre se acentuó. No se podía hablar con ella de nada porque estaba en contra de todo. Así se lo dije una vez:

—Madre, estás en contra de lo contrario.

«Eso sería estar a favor», anoté.

—Por eso me marché de casa yo también —añadió ella—. Me fui a Tenerife a estudiar Biología Marina. Viví con mi tío Toni y su esposa. —Me miró fugazmente—. Siempre me han gustado los animales marinos —dijo a modo de disculpa—, eso es cierto. Simplemente hice que todas las piezas encajaran para poder marcharme. —Suspiró con energía y se sintió incómoda—. Sinceramente, no sé qué tiene que ver todo esto con lo que le he contado sobre el sexo y la pornografía.

—Como bien sabe, en el cerebro todo está relacionado con todo —respondí—. Las estructuras neuronales de la conciencia se conectan con las de las emociones y los recuerdos, conformando una gran red capaz de pescar toda la biodiversidad que pueda imaginar.

Ella sonrió con media boca.

—¿Cree que mis problemas con Peter tienen que ver con mi padre?

—¿Usted no? —repliqué—. ¿Nunca se ha parado a pensarlo?

Ella se quedó inmóvil.

—Hábleme de Peter —le pedí.

—¿Qué quiere saber?

—Cuénteme por ejemplo de dónde es.

—Es danés. Trabaja para una cadena de hoteles y hace años que está destinado en Tenerife.

—Descríbalo.

—No tiene melena ni barba pelirroja, si es lo que quiere saber.

—Lo que quiero saber es cómo es. ¿Es divertido? ¿La hace reír? ¿Diría que tiene una belleza salvaje?

Ella se puso en pie bruscamente, gesto que interpreté como una consecuencia de mi puntería.

—¿Está sugiriendo que hago el amor con mi esposo a través de internet porque mi padre se ausentó de mi vida y eso me ha hecho rehuir las relaciones personales cara a cara?

Agarró su bolso con intención de marcharse.

—No me haga reír usted también —añadió sin mirarme—. Mi padre no tiene nada que ver con todo esto.

—¿Cómo puede estar tan segura?

—Porque he vivido con mi tío Toni el tiempo suficiente como para quererlo como a un padre.

Yo también me puse en pie.

—Puede usted sentir un gran afecto por su tío Toni —dije—, pero eso no lo convierte en su padre. Usted lo sabe y su cerebro también, por muy fácil que resulte sugestionarlo. No olvide que el cerebro responde a los estímulos de la felicidad o la desdicha, aunque provengan de un simple recuerdo.

Me lanzó una sonrisa de despedida y se marchó sin hacer ruido, como si estuviera nadando en un océano de aire. Inmediatamente me impuse la obligación de ver vídeos pornográficos durante una temporada, prestando mucha atención a los árboles que aparecieran, si es que aparecía alguno, para no perderme la presencia de un arce negundo en un jardín. Estaba seguro de que tarde o temprano vería a mi paciente haciendo el amor con su esposo danés. No era la única, pero esa podría ser una manera de resolver su problema: grabarse los dos juntos y compartir el vídeo en una página pornográfica.

En ocasiones necesitamos que haya público a nuestro alrededor para que nuestros actos signifiquen algo, como si fuéramos actores sobre un escenario, iluminados por focos que siguen nuestros movimientos. Todo el mundo sabe que un teatro vacío no motiva nada.

Mi destino

La rutina diaria de *Mismís* es inalterable. Vive una existencia emocionalmente plana, sin nada que la perturbe, ni la llegada del fin de semana, ni las vacaciones, ni una visita inoportuna, ni un problema de salud. Nada. Ni siquiera la caída del wifi, el último capítulo de su serie favorita, o la subida del IPC. No parece preocupado por el futuro ni por el pasado. Su vida transcurre siempre en el presente más neutro y funcional, un *carpe diem* sin fisuras que le permite disfrutar de cada momento como lo que es, único.

A veces me pregunto por qué los seres humanos nos preocupamos tanto por el futuro, por qué tenemos miedos o expectativas para el día de mañana, si todo lo que vamos a vivir sucederá siempre en ese presente neutro y funcional. El futuro es una proyección ilusoria de nuestros deseos o nuestros miedos y el pasado solo es una recreación de la memoria, siempre subjetiva y caprichosa, a veces falsa. Lo único que existe de verdad es el ahora, el ahora mismo.

Basta con vivir al lado de *Mismís* para comprenderlo.

—Yo quería actuar en la televisión o en el cine —confesó mi paciente en su primera visita—. Comencé a escribir guiones cuando era un niño, en el colegio. Eran monólogos cómicos en los que arremetía contra el orden establecido desde la ironía y el sarcasmo, procurando no traspasar los límites de la buena educación. Todo el mundo se reía mucho y me auguraba un gran futuro en el mundo del espectáculo.

—Sigue así —me decían—, y pronto te veremos actuar en una comedia de televisión.

—Sin embargo —dije interrumpiéndolo—, leo en su historial que estudió usted Derecho.

—Eso fue cosa de mis padres —admitió—. Yo quería matricularme en una escuela de interpretación o trabajar como aprendiz en una productora de cine o de televisión, pero ellos no estuvieron de acuerdo. Dijeron que solo apoyarían mi vocación cómica si antes estudiaba una carrera con futuro, como Derecho o Empresariales.

Se quedó callado durante unos segundos.

—Qué cosa más ridícula —añadió—, ¿no le parece?

Puso voz de persona mayor:

> —Como quiero que seas un buen comediante, exijo que te matricules en una carrera mortalmente aburrida, pero con múltiples salidas laborales.

—Mis padres nunca creyeron en mí —dijo recuperando su tono de voz—. En realidad, nadie lo hizo. Mis profesores del colegio pensaban que tenía la cabeza llena de pájaros.

Resopló sonriendo.

—Supongo que tenían razón. Un alumno que quiere ser médico o ingeniero despierta admiración. Uno que quiere ser actor cómico provoca risa y seguramente algo de pena.

Era un tipo delgado, no muy alto, con unos ojos pequeños, visibles gracias a las gafas que llevaba. Se diría que las gafas eran para verlo a él y no para que él viera a los demás. Tenía la voz rota por la afonía y carraspeaba a menudo. Había venido a mi consulta por un problema moral.

—Yo no iba para vidente, se lo juro —confesó—. Estaba empleado en una productora audiovisual que trabajaba para varios canales de televisión, todos dedicados a la publicidad, los concursos en línea y las consultas de videntes. Yo era una especie de comodín: lo mismo presentaba una sección o un concurso que me ponía delante de la cámara para vender relojes de caballero o pulseras de señora, hasta que un día el Monarca se puso enfermo en pleno directo. Fue de repente: comenzó a quedarse blanco y terminó vomitando en pleno directo. La escena puede verse todavía en esas recopilaciones de pifias embarazosas que circulan por internet. Aquel día, yo acababa de terminar mi turno en uno de los canales de publicidad y me disponía a volver a casa. Entonces alguien pronunció mi nombre. Era mi jefa. Estaba tan pálida como el Monarca.

—Te necesitamos urgentemente —me dijo—. Solo serán un par de horas.

—Yo me negué.

—Vosotros necesitáis un vidente y yo soy un simple presentador —dije.

—Es casi lo mismo —respondió ella—. Las líneas están tranquilas. No creo que tengas muchas llamadas. Hazme el favor.

—Literalmente fui empujado al estudio del Monarca. Me sentaron en su silla y cambiaron el rótulo que aparecía sobreimpresionado en la pantalla. En vez del Monarca, pusieron que atendía en directo el Delfín. Todo sin contar con mi aprobación, por supuesto. Recuerdo la primera llamada que atendí. Era una mujer que preguntaba por la salud de su marido. Le habían encontrado un tumor en un pulmón y quería saber si era benigno o maligno. No tenía ni idea de qué responder y me dieron ganas de decirlo claramente:

—Mire señora, a mí qué me cuenta. Lo único que puede hacer es tranquilizarse y esperar el resultado de las pruebas médicas.

—Pero en ese momento vi a mi jefa gesticulando junto a la cámara. En una mano tenía unos papeles, en la otra una cerilla encendida. Era evidente que me estaba intimidando:

> —Si no atiendes a esa señora —parecía decir—, rescindo tu contrato ahora mismo. Y lo quemo.

—Me quedé mirando la mesa del Monarca. Había una vela encendida, las cartas del tarot, un pequeño incensario y una imagen de una virgen con una oveja, que al final resultó ser santa Inés, la mártir italiana. Se supone que tenía que utilizar alguno de esos elementos para responder a la señora que estaba al teléfono. No sé nada del tarot, así que descarté esa opción. Tampoco sé nada de santos. Todo lo que podía hacer era mirar la llama de la vela y, como eso me pareció poca cosa, soplé para provocar su movimiento. Así fue como le respondí a la señora.

> —El tumor de su marido es benigno, se lo aseguro, de lo contrario la vela se habría apagado.

—Tan sencillo como eso. Ella me dio las gracias, emocionada, y yo aproveché la ocasión para recomendarle que se cuidara las cuerdas vocales.

> —Es probable que necesiten atención médica —le dije.

—No sé por qué lo hice. Fue una de esas cosas que se dicen sin pensar, como un modo de superar mi nerviosismo, pero el caso es que acerté.

—¿Acertó?

—A la señora le acababan de encontrar unos pólipos en las cuerdas vocales, según contó en directo. Mi comentario había sido azaroso y coloquial, un simple razonamiento automático porque su voz sonaba algo ronca, pero el efecto que provoqué en la audiencia fue instantáneo. En diez minutos las líneas se colapsaron, algo que no le había pasado nunca al Monarca.

«El azar es el dueño del mundo», anoté. «Todo sucede por azar, hasta el mismo azar.»

—En aquel estudio no había pinganillo, *teleprompter* ni nada parecido, así que mi jefa me iba escribiendo las instrucciones en unas cartulinas.

> —Sigue igual.
>
> —Las líneas echan humo.
>
> —Vas muy bien.

—Unas llamadas después, volvió a suceder. Un hombre dijo estar preocupado por el futuro laboral de su hija. Estudiaba unas oposiciones y quería saber si tenía opciones de aprobar. Soplé la vela y la llama se apagó.

> —Todo va a ir bien —dije mirando a la cámara—, la vela se ha apagado porque ha llegado la hora de que su hija abandone el nido, de modo que aprobará.

Sonrió fugazmente, aquejado de un pudor infantil. Me refiero a mi paciente.

—Ya ve —confesó a continuación—, el rollo de la

vela era completamente aleatorio. Yo interpretaba los movimientos de la llama a mi antojo, diciendo siempre lo que el cliente quería escuchar, tal como hacían los demás videntes. Al despedirme de aquel hombre, le pedí que cuidara su sistema digestivo. Tampoco sé por qué lo hice, supongo que porque su forma de hablar entre dientes me trajo el recuerdo de un dolor de tripas. Él confesó sorprendido que acababan de diagnosticarle una úlcera sangrante de estómago. Y eso me condenó. En cuanto terminó el programa, mis compañeros me aplaudieron. Mi jefa me dio un abrazo.

—Lo de la vela ha sido genial, mil veces mejor que el ritual que yo te proponía —me dijo.

—No sabía a qué se refería.

—¿No has visto las señas que te he hecho con la cerilla y estos papeles? —añadió—. Eran para indicarte que debías anotar el nombre del oyente en un papel y quemarlo sobre el incensario, como hace el Monarca, pero tu idea de la vela ha sido más efectiva. Te felicito.

Tomé una nota a modo de resumen: «La vida de este señor es una comedia de televisión donde solo faltan unas risas enlatadas».

—Desde aquel mismo día me convertí en el sustituto del Monarca —prosiguió—. Me cedieron su estudio y su programa, y el pobre diablo tuvo que buscarse otra productora para seguir trabajando. Comencé a ganar dinero y un enorme prestigio dentro de la profesión. Los demás videntes me trataban como a una estrella y mis clientes me adoraban. Todo eso influyó en mi amor propio, hasta el punto de que llegué a preguntarme si no tendría de verdad alguna clase de poder psíquico. ¿Era posible acertar tantas cosas usando solo la lógica de la deducción? ¿Y si de verdad tenía el don de la videncia? ¿Es la intuición un atributo de la lógica o de la magia? A menudo me miraba al espejo, tratando de ver algo más que mi reflejo. Quería ver mi futuro. Quería llegar al interior de mi alma. Y comprender el lenguaje del tiempo. Y, ya puestos, encontrar el sentido de la vida.

Hizo una pausa, que yo aproveché para tomar otra nota: «Es evidente que los aplausos de los demás nos convierten en unos dementes visionarios».

—Luego todo se fue normalizando —siguió contando—. La rutina es una apisonadora capaz de convertir las tres dimensiones del espacio en solo dos. Pasé los siguientes años encerrado en un estudio de televisión de diez metros cuadrados, sentado ante una mesa con una vela encendida, frente a una cámara inmóvil que no dejaba de mirarme. Cada día era idéntico al anterior: la vela, la llama, los miedos, el futuro. Lo que parecía sobrenatural se fue volviendo cotidiano. Dejé de mirarme al espejo. Me sentía cautivo, como un animal enjaulado o un pez en un acuario. Cada dos horas me dejaban salir un momento para ir al baño y beber un poco de agua. Jamás me faltaron llamadas. Los demás videntes tenían que soportar largos minutos de espera entre una llamada y otra. A mí me pasaba al revés. Se me acumulaban hasta cinco llamadas a la vez. No tardaron en asignarme a una persona de producción para que me asistiera a través de un pinganillo.

> —Llama una señora muy preocupada de Málaga —escuchaba justo antes de que le dieran paso.
>
> —Un hombre con acento extranjero desde Valencia.
>
> —Una chica joven de Zamora.

—Todo el mundo me contaba sus problemas. Había enfermedades, conflictos laborales, ludopatías, amores rotos, dudas, infidelidades y miedos, muchos miedos. A lo conocido y a lo desconocido, a la incertidumbre y sobre todo al futuro. La gente le tiene miedo al futuro porque es impredecible, por eso acude a los videntes. No había ninguna magia en lo que yo hacía. Lo sobrenatural es ajeno a la realidad. Los videntes se dedican a algo que no puede ser, algo imposible desde el punto de vista racional. Por eso usan herramientas mágicas, las que sean: la llama de una vela, el tarot, la imagen de un santo, una piedra preciosa o un conjuro. Yo no tenía nada de eso. Me contaron que el Monarca se sabía frases en sánscrito que pronunciaba siempre en voz muy baja, como un susurro, nadie sabía por qué.

«Quizá para que no se notase que no tenía ni puta idea de sánscrito», anoté.

—Yo solo tenía mi intuición —añadió—. Y mi capacidad de razonar. Era el vidente menos mágico que ha existido nunca. Y, sin embargo, seguía acertando. Si alguien se reía al hablar, adivinaba su personalidad introvertida y sus dificultades para relacionarse con los demás. Si hablaba con voz gangosa, le diagnosticaba problemas en la cavidad nasal. Si parecía dormido, le pedía que tuviera cuidado con los ansiolíticos que estaba tomando. Todo era pura deducción lógica, pero los oyentes enloquecían cuando daba en la diana de la realidad. Estaban tan sugestionados que confundían la magia con la lógica. Y mi jefa lo mismo. Un día entré en su despacho.

—Ya sé para qué vienes —me dijo.

—En ese caso no tengo nada que decirte —respondí.

—Iba a contarle mis problemas morales y a confesar que me consideraba un farsante y quería dejar de serlo.

—¿Y su jefa lo comprendió? —pregunté intrigado.

Él negó con las cejas elevadas.

—No entendió nada —respondió—. Creyó que iba a quejarme de algo y me subió el sueldo.

—Te lo mereces —me dijo.

—Era ridículo: la gente confundía mi lógica con la magia de lo sobrenatural, pero yo merecía un aumento de sueldo. —Volvió a negar con la cabeza, esta vez más enérgicamente que antes—. Todo cambió una noche, cuando recibí la llamada de un hombre llorando.

—He perdido a mi mujer —dijo desde el otro lado del teléfono.

—Estuve a punto de advertirle que no hablaba con los muertos, pero él no me dio tiempo de decir nada.

—Usted tiene la culpa —añadió.

—Lo dijo tres veces. Solo eran cuatro palabras, doce en total.

Hubo un silencio lastimoso que tuve que romper con una pregunta.

—¿De qué tenía usted la culpa?

Él levantó la mirada del suelo.

—Dos años antes aquel hombre me había llamado para preguntar por la salud de su mujer —dijo—. Sufría mareos y un dolor recurrente en el brazo. Según parece, le dije que no era nada serio, una simple bajada de defensas. Él se quedó muy tranquilo y su mujer pareció experimentar una ligera mejoría, aunque solo fue el espejismo de la sugestión. Los dolores no tardaron en regresar. La mujer comenzó a tomar complejos vitamínicos para reforzar sus defensas. Después de varios meses, le diagnosticaron un osteosarcoma en estado avanzado.

Esta vez guardó un silencio de ausencia, como si ya

se hubiera marchado de la consulta. Tuve que hacerle otra pregunta para traerlo de vuelta.

—¿Por qué tenía usted la culpa?

Él suspiró dos veces.

—Si no hubiera sido por mi tranquilizadora respuesta, ellos habrían acudido mucho antes a la consulta de un médico y habrían podido combatir el osteosarcoma. Cuando trataron de hacerlo, ya era tarde.

Tomé una nota rápida: «El futuro de ayer es el pasado de hoy».

—La culpa no es suya —dije cerrando mi cuaderno—. Fueron ellos quienes pidieron su consejo en lugar de acudir al médico.

—Precisamente por eso soy culpable —respondió—. ¿Quién soy yo para dar un diagnóstico por teléfono? Le recuerdo que soy licenciado en Derecho y que me dedico a soplar la llama de una vela para decirle a la gente lo que quiere escuchar. No tengo nada que ver con la medicina.

Se marchó de la consulta más abatido que cuando llegó. ¿Cuántos enfermos más dejaron de acudir a la consulta de un médico por su culpa? ¿Cuánta gente continuó viviendo con la persona equivocada siguiendo su consejo? ¿Cuántas relaciones había roto? ¿Quién era él para influir en el destino de los demás? ¿Cómo había podido jugar a ser un demiurgo si todo lo que hacía era soplar una vela y expresar un deseo con palabras bonitas?

No pude quitarme el caso de la cabeza. Era un dilema nuevo en mi consulta. Había tratado a muchos pacientes con remordimientos, de todos los tipos posibles, pero nunca me había enfrentado a alguien que se culpara de decir lo que los demás querían escuchar. Por eso, después de cenar mi tortilla a la francesa junto a *Mismís,* busqué en la televisión uno de esos canales de videncia.

—Cuéntame lo que te preocupa —decía una mujer con los ojos pintados como dianas—, y yo te diré lo que debes hacer.

Había un número de teléfono sobreimpresionado. Sentí el deseo de llamar y decírselo.

—Hay un vidente como usted que teme haber alterado el orden de las cosas con su lógica sobrenatural.

Imaginé la respuesta que habría recibido.

—No hay nada que temer, porque no hay un orden de las cosas. El futuro es maleable desde el presente, por eso es predecible.

Habría sido un canto a favor de la capacidad de sugestión del cerebro humano, una reflexión que se volvió inmediatamente contra mí.

—¿Qué hago yo cada día salvo influir en el orden de las cosas? —me dije—. ¿Qué me hace distinto a mi paciente o a esa mujer de la televisión? ¿Acaso no nos dedicamos los tres a dar consejos a la gente tras escuchar sus problemas? ¿Qué diferencia hay entre emplear para ello la intuición o la psicología, una vez admitido que la psicología tiene mucho que ver con la intuición?

Dormí con dificultades durante varios días, aquejado de los mismos remordimientos que mi paciente. Pensé en preguntar a algún colega si había tenido alguna experiencia parecida. Era eso o llamar a la mujer de las dianas en los ojos. Finalmente me senté en mi escritorio y preparé una batería de preguntas para formular a mi paciente en la siguiente sesión:

—¿A qué hora entra a trabajar?

—A las diez de la mañana.

—¿Cuántas llamadas atiende cada hora?

—Entre veinte y veinticinco, depende.

—¿A qué hora recibió la llamada del señor que le culpaba de la muerte de su esposa? Me refiero a la primera vez que hablaron, cuando su esposa todavía vivía.

—No lo sé con seguridad, pero era al final de la jornada, ya de noche.

Hice un cálculo rápido.

—¿Es usted consciente de que a esa hora había contestado más de doscientas llamadas? —dije.

Me respondió con otra pregunta.

—¿Y eso qué tiene que ver?

—Estaba usted cansado de hablar, harto de interpretar los deseos, los sueños y los miedos de los demás. ¿Me equivoco?

Él negó para indicar que no me equivocaba. En realidad, debió haber asentido.

—A esas horas era usted víctima de la inercia de las palabras, que es tan poderosa como la de los silencios —continué diciendo—. Si sus palabras provocaron algún daño o perjuicio, fue sin el concurso de su voluntad, dado que actuaba usted bajo el automatismo de la conducta mil veces repetida, así que es usted inocente de lo que pudo haber dicho o callado. No olvide que la culpa depende siempre de la voluntad.

Hice coincidir el final de mi alegato con el cerrar de tapas de mi cuaderno, para subrayar acústicamente su significado. Luego miré a mi paciente, tratando de dar en la diana de su conciencia, y dejé transcurrir unos minutos de un silencio tenso, lleno de incógnitas. ¿Bastaría un juego dialéctico para liberar a aquel hombre de sus remordimientos? ¿Era posible reforzar un argumento racional con el cerrar de tapas de un simple cuaderno? ¿Qué ojos estaban dando en la diana de quién?

Se escuchó un chirrido y la silla de mi paciente se movió unos centímetros.

—Le agradezco su ayuda —dijo levantándose.

Y se marchó de la consulta con prisas, como si necesitara quedarse a solas para comprobar si se había librado o no de sus remordimientos. Yo me quedé un rato más sentado frente a la butaca vacía, asintiendo de vez en cuando, como si estuviera hablando conmigo mismo.

—Es mejor admitirlo —parecía estar diciéndome—. A veces los psicólogos también decimos lo que nuestros pacientes quieren escuchar.

Mi sueño

Todas las noches, antes de acostarse, *Mismís* ejecuta su interminable ritual de lametones. Primero lame mi rostro con su lengua áspera como el papel de lija, haciendo un ruido muy molesto al pasar por mis mejillas y mi frente. La primera vez que sucedió estuve a punto de rechazarlo, aunque por supuesto no lo hice. Habría sido una terrible falta de consideración, porque *Mismís* me considera parte de su camada. Soy su cachorro humano y así es como me hace sentir cada noche.

Cuando termina conmigo, comienza a lamer todo su cuerpo, desde las patas hasta el lomo, pasando por el vientre. Luego se hace un ovillo en la almohada, junto a mi cabeza, y se duerme dejando en la habitación la relajante cadencia de su respiración. No es extraño que me cueste conciliar el sueño cuando estoy fuera de casa. El sueño es una actividad cerebral que requiere un ritual de conducta previo, el que sea, beber un vaso de leche caliente, rezar, meditar, leer un par de páginas de un libro o recibir en el rostro los ásperos lametones de un congénere.

Mi siguiente paciente tenía un sueño recurrente. Cuando le pedí que me lo contara, lo hizo como si fuera una directora de cine hablando de su próxima película:

—Una mujer duerme, pero no está inmóvil. Agita las manos y las piernas, o al menos eso cree hacer mientras sueña que se levanta de la cama y se asoma a la ventana. Es verano y hace calor. La mujer llevaba puestas una camiseta y unas bragas de algodón cuando se acostó. Ahora está desnuda. El hombre de sus sueños la ha desnudado para acariciarla. Luego se ha marchado. Ella ha escuchado sus pasos y un sonoro portazo, por eso se ha levantado, para asomarse a la ventana y ver quién sale del portal. Nadie lo hace. Un taxi solitario recorre la calle. Está a punto de amanecer. —Hizo una pausa antes de añadir—: Sueño con él, con el hombre misterioso que me acaricia, al menos dos veces al mes. O incluso tres. No sé quién es, pero alguien tiene que ser.

Me gustó la frase y la anoté para mi colección: «Todo el mundo tiene que ser alguien». Mi paciente era profesora de lengua y literatura, además de dramaturga aficionada. Escribía obras de teatro para que sus alumnos las interpretaran en los festivales del colegio.

—Son piezas de media hora de duración, divididas en dos actos —dijo—. No siempre originales: a veces adapto un cuento o una novela famosa para que mis alumnos interactúen con el texto y lo comprendan mejor.

Por eso me había contado el sueño como si fuera una película.

—¿El hombre misterioso siempre la desnuda? —pregunté con mi cuaderno de notas preparado.

—Siempre.

—¿Ha soñado con él en invierno?

Ella hizo un gesto de incomprensión.

—Lo pregunto porque en invierno solemos dormir con más ropa —le expliqué.

Me preguntaba cómo sería el sueño si ella llevara un pijama de felpa, con puños en las mangas y en las perneras, pero no contestó. Quizá no había soñado con él en invierno o no lo recordaba.

—¿No ha llegado a verlo nunca? —continué preguntando.

—No, pero la semana pasada, cuando me asomé a la ventana, vi cómo se cerraba el portal de mi casa, lo que significaba que alguien había salido del edificio.

Asentí. También significaba que su visitante nocturno no vivía en ese edificio.

—¿Siente usted miedo?

—Todo lo contrario. Me muero por esos abrazos y

esas caricias. Estoy aquí porque mi sueño recurrente no es una pesadilla.

«Curiosa forma de razonar», anoté en mi cuaderno. Ya me había dicho que vivía sola. No tenía hijos y estaba divorciada.

—¿Cómo es su exmarido? —le pregunté.

Ella se acarició la nuca, como si le doliera una vieja lesión cervical.

—¿Para qué quiere saberlo? —dijo.

—Para descartar que sea él.

—Si fuera él, el sueño se convertiría en una pesadilla, se lo aseguro —respondió con una sonrisa fugaz.

—Comprendo —dije, tachando la palabra «exmarido» en mi cuaderno—. Dígame cómo empieza el sueño.

—No lo sé, de pronto me doy cuenta de que estoy desnuda en la cama y recuerdo haber pasado unos minutos de placer intenso.

Tomé una nota. «Ojo: una parte del sueño es un recuerdo. Y un recuerdo dentro de un sueño podría corresponder a algo real».

—He visto su sombra —dijo en nuestra siguiente sesión—. Fue hace dos noches. Al escuchar el sonido de la puerta, me levanté a toda prisa para asomarme a la ventana y vi la sombra de un hombre doblando la esquina.

—¿Solo eso? —exclamé.

Ella estaba muy excitada.

—¿Le parece poco? La sombra forma parte de

nuestro cuerpo. Es un órgano más de nuestra anatomía, tan extenso como la piel. Una vez escribí una obra de teatro sobre un hombre que acude al médico con un dolor insoportable en su sombra.

Hizo una pausa para regresar al sueño.

—Como comprenderá, me resultó imposible identificar al individuo de la sombra, pero sentí un alivio enorme al despertar, como quien convierte una duda en una certeza.

—¿Cómo sabe que es un hombre? —pregunté sin levantar la vista del cuaderno.

—No lo sé, pero es un hombre.

La miré sin decir nada.

—Tiene las manos grandes y deja en mi cama un olor ácido, como a cuero mojado —respondió.

—No es frecuente que los olores formen parte de los sueños —dije yo.

—¿No? —Se extrañó ella—. ¿Y por qué no?

—No lo sé, pero es así. Quizá se deba a la fugacidad de los recuerdos olfativos. Un olor es capaz de transportar un recuerdo muy lejano, pero siempre de manera fugaz e inaprensible. ¿Tiene usted pareja ahora mismo?

Ella negó distraídamente, como si no lo recordara.

—¿Puede ser un compañero de trabajo? —pregunté.

—No creo —respondió, ladeando la cabeza.

Daba clase a alumnos de secundaria. No me atreví a preguntar si podría tratarse de uno de ellos. Me incorporé en la silla para hacer la siguiente pregunta.

—¿Cuánto hace que mantuvo su última relación sexual?

—Hace bastante, la verdad —reconoció, con los hombros encogidos.

—¿Con quién fue?

—Era un desconocido.

Volví a mirarla sin decir nada. Es la única manera que conozco de preguntar sin parecer un entrometido o un juez de la moral ajena.

—Un ligue de una noche —especificó—. Nos conocimos en una fiesta para *singles*. Bebimos, bailamos y acabamos en la cama.

—¿Fue en su casa?

Ella me señaló con un dedo, dejándome entender que nada de lo que preguntaba era asunto mío.

—Sí —acabó admitiendo—. Fue en mi casa, en la misma cama donde me acaricia mi visitante nocturno, pero tampoco es él.

—¿Cómo lo sabe?

—Era un hombre muy poco atractivo.

Carraspeé y dije:

—Le recuerdo que nunca ha visto al hombre de sus sueños.

Ella detuvo mis conjeturas con una simple mirada.

—Le aseguro que es un hombre atractivo —dijo—, de lo contrario no sería el hombre de mis sueños.

«Una lógica incontestable», anoté.

—Es alto y lleva el pelo largo —dijo en la siguiente

sesión—. Lo he visto. Antes de acostarme, dejé la ventana abierta y la persiana subida. En cuanto oí el sonido de la puerta, me asomé por la ventana y lo vi salir del portal. Llevaba un abrigo o una gabardina que le iba grande, como si fuera una capa, y el pelo muy largo extendido sobre los hombros.

—¿Lo ha reconocido?

—Ha dado la vuelta a la esquina y se ha marchado a toda prisa —respondió negando.

Al tomar nota de estos últimos detalles me di cuenta de que algo no cuadraba.

—¿Dejó la ventana abierta y la persiana subida en el sueño o en la realidad? —le pregunté.

—En la realidad —confesó ella, inspirando un poco de aire para resultar convincente.

—¿Y en el sueño también estaba abierta?

—Así es.

Negué.

—No es frecuente que los detalles de la realidad formen parte de los sueños —dije.

—¿No? —exclamó—. ¿Y por qué no?

—Los sueños solo reproducen las sensaciones, los deseos y los miedos, no las acciones del día a día, mucho menos las que se ejecutan para que aparezcan en los sueños.

Ella me observó con una ceja inquieta, como si se encontrara ante uno de sus alumnos.

—¿Le sorprende que las acciones que se ejecutan

para que aparezcan en los sueños aparezcan en los sueños? —me preguntó.

—Las fronteras entre los sueños y la realidad no dependen de la voluntad —respondí yo.

—Nunca —dijo ella sin entonación interrogativa, pese a que me lo estaba preguntando.

—Nunca es un término que los psicólogos no acostumbramos a usar —dije.

Y ella sonrió con un lado de la boca, como si hubiera pillado a un alumno copiando en un examen final.

—¿Conoce a algún hombre con el pelo largo? —pregunté para cambiar de tema.

—Supongo que sí —admitió. Y se quedó pensativa—. Mi padre tiene el pelo largo, pero completamente canoso. Además, lo lleva siempre recogido en una larga coleta. No puede ser él. Los demás melenudos que conozco son o han sido alumnos míos.

—¿Y no puede ser ninguno?

Chasqueó la lengua muy convencida de lo que iba a decir.

—Imposible.

—¿Cómo lo sabe?

—Hay determinadas competencias, como acariciar a una mujer, que solo se adquieren con los años. Es imposible que un mocoso adolescente me proporcione tanto placer solo con sus manos.

A la semana siguiente apareció en mi consulta con una sonrisa.

—He visto su rostro —dijo.

—¿Cómo lo ha conseguido?

—Por la noche coloqué la cama junto a la ventana para poder ver la calle con solo incorporarme. Cuando él salió del portal, le chisté varias veces hasta que se volvió hacia mí.

—¿Lo reconoció?

—No. Estaba demasiado oscuro, pero diría que me sonrió. No estoy segura.

Hice una pausa para tomar nota de las novedades. «Ignoro si estoy ante una crédula, una ilusa o una dramaturga que vive en un mundo de ficción, pero desde luego tiene buena vista.» Nunca había conocido a nadie que pudiera influir en el escenario de sus sueños.

—Hábleme de su vida sentimental —le pedí.

—¿Qué quiere saber?

—Antes de casarse, ¿tuvo otros novios?

Ella sonrió. Y asintió.

—¿Cree que no he pensado en ellos? No fueron muchos y están todos descartados. Unos son demasiado bajos y otros estaban ya medio calvos cuando salieron conmigo. No he conocido nunca a un hombre alto, con el pelo largo y los ojos brillantes.

—¿Los ojos brillantes? —la interrumpí.

—Cuando se volvió para mirarme, la luz de las farolas se reflejó en sus ojos.

«Eso no significa que tenga los ojos brillantes, sino reflectantes», anoté en mi cuaderno.

—¿Tiene usted hermanos?

—Dos, pero apenas nos vemos.

—¿Hay algún problema entre ustedes?

—Uno vive en Madrid y el otro en Lisboa.

—No ha contestado a mi pregunta.

Ella resopló con un gesto de impaciencia.

—No hay ningún problema entre nosotros. Si no nos vemos más, es por culpa de la distancia.

—¿No cree que pueda tratarse de uno de ellos?

Entonces compuso un gesto de asco que he visto mil veces reproducido.

—Por favor —dijo con la boca llena de aire.

—¿Qué me dice de algún otro miembro de su familia? —insistí yo.

Ella continuó negando mientras espantaba el aire con las manos, como si en la consulta hubiera entrado un enjambre de insectos. Alcé los hombros para disculparme.

—Mis preguntas han terminado —dije—. Le ruego que repase sus recuerdos de la infancia y sus andanzas de juventud. Hable con sus amigos y familiares, y trate de identificar a ese hombre.

—¿Y si es un desconocido? —preguntó ella con una inocencia que parecía postiza.

—Estoy seguro de que el hombre de sus sueños es alguien que usted conoce —contesté.

No se lo dije, pero mi forma de razonar fue la siguiente: «Alguien que modifica voluntaria y conscientemente el escenario real de sus sueños es incapaz de inventar un personaje para protagonizarlos».

—Además de los ojos brillantes, tiene la mandíbula prominente y las cejas pobladas —me dijo en la siguiente sesión.

Asentí con decisión, como quien escucha algo realmente interesante.

—Lo vi la otra noche. En cuanto salió del portal elevó la vista hacia la ventana, seguro de que yo estaría allí apostada. Le hice un gesto de despedida. O de agradecimiento. Y él me respondió.

—¿Le devolvió el saludo?

—Junto con una sonrisa. Fue entonces cuando me fijé en sus cejas y en su mandíbula.

—Comprendo —dije sin tomar ninguna nota—, pero seguimos sin saber quién es, ¿no?

Utilicé un plural terapéutico.

—He hecho grandes avances —dijo ella—. Llevo varios días repasando mis álbumes de fotos, como si estuviera haciendo un viaje en el tiempo. He vuelto a ser una joven profesora, una alocada universitaria y una adolescente con cara de mal genio.

Sacó un cuaderno del bolso.

—He ido anotando los nombres de los posibles candidatos en esta libreta, pero me temo que los he descartado a todos.

—¿Está segura?

—Diría que nunca he estado tan segura de nada.

Elevé las cejas para hacerle saber que no iba a pedírsela, pero que agradecería una explicación.

—La realidad es complicada porque está llena de matices —comenzó a decir—. Es difícil tener certezas en el mundo real, porque lo que parece evidente desde un punto de vista no lo es desde otro. La realidad es el Aleph de Borges, si me permite la referencia literaria. Los sueños son diferentes, únicos, finitos, aprehensibles con hache intercalada. Todo depende de uno mismo. Son subjetivos y solo tienen una dimensión, un punto de vista. No sé si me explico.

«No sabría decirle.»

—Por eso sé que no he encontrado todavía al hombre de mis sueños.

—¿Ha repasado también su infancia? —pregunté.

Ella negó dos veces.

—No tengo ningún álbum de fotos de mi infancia.

La miré sorprendido. No era tan mayor como para no tener fotos de su infancia.

—Se quedaron en casa de mis padres —añadió.

Nos miramos un segundo sin decir nada y decidí tomar una nota: «Déjeme adivinarlo: la casa se derrumbó, se incendió o fue expropiada para construir una autopista».

—Es una casa muy vieja —prosiguió ella—. Está en un pueblo de Soria al que hace muchos años que no voy.

—¿Por qué?

—No lo sé. No me gusta ir allí.

—¿Por qué?

—No me gusta recordar los años que viví allí.

—¿Por qué?

—No fui una niña feliz.

Guardamos unos segundos de silencio para que el eco de la infancia se apagara. Ella buscó a tientas su bolso detrás de la silla. Lo había colgado antes de sentarse, como siempre. Tenía ganas de fumar.

—¿Por qué no fue una niña feliz? —le pregunté.

—No me gustaba mi mundo. No me gustaba mi familia. No me gustaba yo.

Lanzó un suspiro de derrota.

—Mis padres no se llevaban bien. No sé si se querían, o si se habían querido alguna vez, pero no podían vivir juntos. Yo tenía sobrepeso y un montón de granos alrededor de la boca. —Trazó una circunferencia sobre sus labios con un dedo—. Mi nariz era muy grande.

La señaló, como si yo fuera un extraterrestre y no supiera nada de la anatomía de los terrícolas.

—Ahora se disimula porque mi cara se ha ensanchado, pero entonces la desproporción se acentuaba. Mis hermanos se reían de mí. Decían que acabaría trabajando en una óptica, donde usarían mi nariz como expositor de gafas. En el colegio me llamaban Rosa Napias.

Asentí. Su apellido era Tapias.

—Pasé muchos años sin salir de casa. Solo iba al colegio de lunes a viernes y a la iglesia los domingos. El resto del tiempo lo pasaba en la falsa de mi casa, durmiendo, leyendo o escuchando música.

Arrugué el entrecejo.

—La falsa es la buhardilla de la casa —explicó, por si no lo había entendido.

No había arrugado el entrecejo por eso.

—Luego me fui a estudiar fuera, primero a Logroño y luego a Zaragoza. Todo fue más sencillo lejos del pueblo. Nadie me conocía. Los granos habían desaparecido de mi cara. Y mis hermanos de mi vida.

En cuanto sonó la alarma, cogió su bolso y salió apresuradamente de la consulta, supongo que para encenderse un cigarrillo en el mismo ascensor. Yo me quedé reflexionando. El hombre de sus sueños tenía alguna relación con esa casa de Soria. Estaba seguro, aunque no podía demostrarlo de ninguna manera. A lo largo de los años he desarrollado una intuición que yo llamo analítica. Primero observo y reúno información, luego razono y, por último, me dejo guiar por la intuición. También podría denominarse análisis intuitivo.

No suelo tratar a mis pacientes fuera de la consulta, pero me ofrecí para acompañarla a su pueblo. No tenía planes para el siguiente sábado y no veía otro modo de ayudarla. Lo que no quería era viajar con ella en su coche. Ni que ella lo hiciera en el mío. Un coche en el que viajan dos personas se convierte en un confesionario con ruedas donde todo se magnifica, hasta lo importante, así que improvisé una excusa. Pasaría con ella toda la mañana y luego me acercaría a visitar a unos amigos. Ella no se extrañó al escuchar mi ofrecimiento. Incluso pareció agradecerlo, como si no estuviera preparada para viajar sola a su infancia.

La casa estaba a las afueras, si es que un pueblo pequeño las tiene, junto a una era llena de aperos agrícolas completamente oxidados.

—Hace mucho tiempo que nadie vive aquí —dijo cuando nos reunimos ante la puerta de la casa, como si quisiera disculparse por la presencia marchita del óxido.

No abrimos las ventanas ni visitamos las dependencias. Subimos directamente a la planta superior, guiados por el cono de luz de un móvil. Abrió las ventanas y señaló alrededor.

—La falsa buhardilla —dijo.

Había troncos de madera en el techo, polvo en el suelo, cajas de cartón apiladas sin verticalidad y un aroma rancio que procedía de la humedad reinante.

—Aquí era donde subía a dormir, leer o escuchar música —le pregunté afirmando.

Ella asintió.

—Este era mi hogar —dijo—. Una vez leí que el hogar es el lugar adonde uno puede regresar. Y yo regresaba cada día a este lugar, de modo que lo considero mi hogar.

Tomé nota de la frase para añadirla a mi colección.

—Lo que no entiendo es por qué no viene más a menudo —dije.

—Mi hogar está ahora en otra parte —respondió—. Este es el hogar de una niña gordita que tenía la cara llena de granos y una nariz capaz de soportar media docena de pares de gafas.

Lo dijo con intenciones cómicas, como el condenado a muerte que aprovecha sus últimas palabras para reírse del mundo.

—Ya no soy esa niña.

La miré con descaro. Era cierto. En su nariz no cabrían ahora más de cuatro pares de gafas, cinco a lo sumo.

—Busquemos los álbumes de fotos —dijo abriendo una de las cajas.

La estancia se había llenado de un polvo en suspensión visible entre la luz de las ventanas.

—Aquí están —dijo como si se refiriera a las partículas de polvo.

Nos sentamos junto a una de las ventanas, con cuidado de no golpearnos la cabeza con los troncos del techo, y comenzamos a repasar unas fotos en blanco y negro.

—La boda de mis padres —dijo ella—. La primera comunión de mis hermanos. Mi bautizo. Esta soy yo.

Se señaló con un dedo. Todos los bebés tienen la misma mirada, los mofletes hinchados y la boca retraída y pequeña. Y la misma nariz inexistente, incluso aquel bebé. Luego llegó su primera comunión y su nariz se fue revelando. Ya habíamos cambiado de álbum. Las fotos en blanco y negro comenzaron a mezclarse con otras en colores satinados. Fue pasando las páginas del tiempo sin decir nada. Ni siquiera señalaba con el dedo, hasta que sus ojos se detuvieron en una página.

—¿Qué sucede? —pregunté.

—No lo sé —respondió ella—. Fíjese.

Había media docena de fotos mostrando una función escolar, con niños disfrazados de caballeros medievales, vasallos, cortesanos, brujas, hadas y hasta un dragón. Y una niña disfrazada de princesa.

—Susana —dijo mi paciente señalándola—. Fue siempre la niña más guapa del colegio. Durante años soñé con parecerme a ella. Mire su piel, su pelo, sus labios: era una muñeca. Tenía las piernas largas y los pies pequeños. Se movía con la elegancia de los elegidos. No sé qué habrá sido de ella. Le perdí la pista cuando me marché a estudiar fuera.

—¿Y usted? —pregunté sin dejar de mirar las fotos.

—Yo estaba aquí escondida —dijo señalando el dragón—. Mis ojos quedaban a la altura de la boca para poder salir a escena sin tropezarme con nadie.

Sonreí audiblemente sin llegar a reírme. No quería ofenderla, tan solo recordarle que estaba a su lado, ayudándola a sostener el álbum. Fue entonces cuando me lo quitó de las manos. Por un momento creí que mi media sonrisa la había molestado. Se acercó a la ventana para poder ver con más claridad. Yo no me moví hasta que ella me lo pidió.

—Venga un momento —dijo.

Estaba señalando la última fotografía de la página, en la que todos los personajes de la función saludaban al público. En el centro del escenario estaba Susana, luciendo su vestido de princesa, blanco con bordados en rosa. A su lado había un muchacho disfrazado de príncipe.

Mi paciente lanzó una exclamación.

—Casi lo había olvidado —dijo—. Era un chico muy guapo. No recuerdo su nombre.

Cerró los ojos tratando de hacer memoria.

—¿Le gustaba? —pregunté.

Ella abrió los ojos para mirarme un segundo, dando a entender que a mí también me habría gustado.

—Susana y él fueron novios durante mucho tiempo —dijo.

—¿Puedo? —respondí pidiéndole el álbum.

El príncipe vestía una casaca ajustada, botas altas y una larga capa, todo confeccionado en tela de raso azul. Llevaba una peluca de cabellos negros que se perdían por la espalda. Su mentón sobresalía del rostro, tenía las cejas pobladas y los ojos reflectantes.

Mi autora: segunda visita

Como la mayoría de los animales, los gatos no padecen enfermedades mentales ni trastornos neurológicos. No hay gatos esquizofrénicos, paranoicos ni autistas. Las enfermedades mentales son la prueba de que el cerebro humano está sobredimensionado, si partimos de la base de que solo se estropea lo complicado. Lo simple funciona siempre, aunque solo sirva para una cosa. Según esta regla, el cerebro de un insecto es infalible, lo mismo que el de un pez o un ave. Si hablamos de animales superiores, el grado de complejidad aumenta. Y si llegamos al cerebro del *Homo sapiens* la complicación es máxima, porque estamos hablando de la mayor obra de la creación. No hay nada conocido en el universo que pueda compararse a un cerebro humano en complejidad anatómica y funcional.

En realidad, solo usamos un pequeño porcentaje de nuestra potencia intelectual, algunos más que otros y con las consabidas excepciones. No es de extrañar, puesto que nadie necesita un cerebro tan desarrollado para vivir. Si el cerebro humano ajustara su estructura funcional a las necesidades de cada individuo, tendría una estructura más sencilla, un rendimiento más fluido y no habría enfermedades mentales. Seríamos todos más imbéciles, pero a cambio no experimentaríamos ningún grado de insatisfacción.

La aspiración a la felicidad es una ilusión cognitiva que crea nuestro supercerebro humano. Ninguna mosca, abeja, lubina, anguila o gaviota se plantea la vida desde el punto de vista de la satisfacción o la frustración. Simplemente viven siguiendo el dictado de sus instintos más primarios. Y eso las hace mentalmente sanas y felices sin siquiera saberlo.

En todo caso, debo añadir que, si el cerebro humano ajustara sus potencias a las necesidades de la vida, todos los psicólogos y terapeutas del mundo nos quedaríamos sin trabajo.

La escritora de ficción que se resistía a escribir sobre hechos reales tardó bastante tiempo en regresar a mi consulta.

—¿Recuerda lo que hablamos sobre la ficción y la realidad? —dijo, nada más tomar asiento—, pues tengo un problema. Y creo que es serio.

—Cuénteme —dije, preparado para tomar notas.

—Todo lo que escribo se convierte en realidad.

No respondí nada.

—Al principio, creí que solo eran imaginaciones mías —añadió ella.

«Nunca mejor dicho», anoté.

—No podía ser de otra manera —prosiguió—. ¿Cómo iba a cumplirse lo que yo escribía? Solo eran casualidades. Mi cerebro recurría a esa dosis habitual de paranoia que todos padecemos.

Sonreí. Y es probable que ella también lo hiciera interiormente.

—Póngame un ejemplo —le pedí.

Ella se tomó un par de segundos para pensar.

—En una novela que escribí sobre el desamor, mi protagonista acaba en la cama con uno de sus alumnos para vengarse de las infidelidades de su esposo —dijo—. Poco después de que fuera publicada, recibí la visita inesperada de una amiga, profesora de instituto. Necesitaba contarme algo: ya puede imaginarse qué.

«Los psicólogos no imaginamos», anoté.

—Descubrió que su marido le había sido infiel y se acostó con uno de sus alumnos a modo de venganza.

Fruncí el ceño. Resultaba demasiado literal para ser una simple casualidad.

—¿Está segura de que sucedió en ese orden? —le pregunté—. A veces el cerebro desordena los acontecimientos para que coincidan con una secuencia temporal concreta. Es posible que su amiga le hubiera mencionado algo con anterioridad. Quizá usted lo olvidó y su subconsciente lo recordó mientras escribía su novela.

Ella negó convencida.

—Casi había perdido el contacto con mi amiga —dijo en un susurro—. Y era la primera vez que me hacía una confidencia parecida. —Volvió a quedarse pensativa—. Hay muchos escritores sin imaginación que se ven obligados a forzar la realidad para escribir una novela porque solo son capaces de transcribir lo que sucede de verdad. Mi caso es el contrario. A mi alrededor solo sucede lo que previamente yo he imaginado y transcrito en forma de narración.

—Tendrá que ponerme otro ejemplo —le pedí.

—Cuando me divorcié de mi primer marido, busqué un piso donde mudarme. El alquiler costaba una fortuna, así que escribí un cuento sobre una escritora que gana un prestigioso premio literario porque necesita cambiarse de domicilio. Se titulaba «Busco piso». No hace falta decir que gané un premio con ese cuento y pude cambiarme de domicilio.

Negué una vez más.

—Usted es escritora y los escritores ganan premios literarios —dije.

«Lo raro habría sido que hubiera ganado Roland Garros, Eurovisión o un Oscar de Hollywood», me disponía a anotar, pero ella no había terminado.

—Posteriormente, escribí sobre el perro de mi vecina de arriba. Describí con todo detalle cómo moría ahogado al atragantarse con un hueso. Era un perro grande y ruidoso que ladraba toda la noche y molestaba a los vecinos. A las pocas semanas, los ladridos dejaron de escucharse. Cuando pregunté en el edificio, me enteré de que el animal se había atragantado con su pelota de goma favorita.

Moví la cabeza sin decir nada.

—Yo pensé lo mismo que usted —dijo ella, leyéndome el pensamiento—. Todo era una enorme paranoia, un cúmulo de casualidades que mi cerebro interpretaba desde un punto de vista narrativo ajeno a la realidad. —Suspiró como si quisiera apagar la llama de una vela—. Inmediatamente me sentí culpable y renegué de mi trabajo. No podía seguir escribiendo ficción, así que me dediqué a redactar artículos para la prensa y algunas revistas especializadas. Transcurrió el tiempo, semanas y semanas, varios meses de tranquilidad. El tiempo juega siempre a favor de la objetividad: por eso lo acaba curando todo, porque lo objetivo no hace daño a nadie. Solo duele lo subjetivo.

«Frase anotada.»

—Llegué a olvidarme del problema. Volví a ser una persona normal. Y entonces aparecieron ellos, otra vez.

Nuevos segundos de silencio.

—¿Ellos? —tuve que preguntar.

—Mis editores, los de menos imaginación y más documentación, ¿se acuerda? Mi nombre como autora no había dejado de crecer desde que había abandonado la editorial, especialmente gracias a mis colaboraciones en la prensa, así que me ofrecieron un premio literario que la editorial concede cada dos años, con libertad absoluta para escribir sobre lo que quisiera. No hacía falta que mi historia estuviera basada en hechos reales ni nada parecido. Me hizo gracia. En realidad, todavía me hace gracia. Escribí la novela titulada *El desengaño de los crédulos*. No sé si la ha leído.

Tuve que negar.

—Lo siento —dije—, me queda poco tiempo para leer.

—Ganó el premio Palabra de Oro, tuvo excelentes críticas y vendió más de doscientos mil ejemplares —dijo ella—. Léala si quiere, pero le advierto que el padre de la protagonista muere al final del libro.

La miré con cejas interrogativas.

—Es un acontecimiento importante —añadió—, ya le explicaré por qué.

Mi madre

Ni los gatos ni los perros respetan los árboles genealógicos en materia sexual. Es posible que *Mismís* se haya apareado con su propia madre, algo claramente reprobable desde el punto de vista biológico, puesto que la diversidad genética garantiza la continuidad de la especie al abarcar mayores posibilidades de supervivencia. Alguna vez hemos hablado de este asunto, disertando yo y asintiendo *él* en silencio, y he llegado a la conclusión de que todo se debe a ese *carpe diem* existencial en que vive. Si *Mismís* se aparea con su madre o con sus hermanas, es por una simple cuestión de tiempo.

Me imagino la escena.

—Madre, puede que meses atrás yo fuera un cachorro que solo necesitara tu alimento y tu protección, pero en este preciso momento, en este ahora donde habitamos los gatos, tú eres una hembra en celo y yo un macho sano.

Desde el punto de vista humano, eso es tan reprobable o más que desde el biológico. Los lazos de parentesco entre padres e hijos permanecen inalterables a lo largo de toda la vida, sin que importe el grado de madurez o la intensidad que alcancen. Ni siquiera la muerte de unos u otros los altera.

—Me gustaría volver a bailar con mi madre —dijo mi paciente.

Se encontraba en mi consulta por el profundo dolor que le había provocado la muerte de su madre.

—No sé por qué la echo tanto de menos —añadió—: cuando estábamos juntas, no hacíamos más que discutir.

—«Quizá por eso la echa de menos» —dije y anoté a la vez.

—Puede ser —respondió ella—, porque lo cierto es que ahora no discuto con nadie.

Era soltera y vivía sola.

—¿Nunca discute con sus familiares o sus compañeros de trabajo?

Ella miró al suelo antes de responder:

—Ya no tiene sentido.

—¿Por qué no?

Le concedí unos segundos para que negara con la cabeza, como si estuviera dándose la razón en silencio.

—No sé cómo explicarlo —dijo.

Y comenzó a asentir sin decir nada.

—Dígame al menos por qué discutía con su madre —le pedí.

—Por todo. Por cualquier cosa. Nuestra relación se basaba en el reproche y la amenaza. No le gustaba nada de lo que yo hacía: ni cómo hablaba, ni cómo vestía ni con quién iba. Nunca aprobó mi comportamiento. No secundó mis decisiones ni me ofreció su ayuda. Decía que no iba a llegar a ningún sitio. Que no tenía el don de la oportunidad.

> —Siempre te pasas o te quedas corta.

—Así lo expresaba.

—Y usted, ¿qué hacía?

—¿Qué iba a hacer? Contraatacar, por supuesto. Le preguntaba quién era ella para hablarme así, siendo una simple dependienta de un comercio de barrio. Y la culpaba de mi carencia del don de la oportunidad.

> —Es algo genético —le decía—. Tú no lo tienes y no puedes exigírmelo.

Tomé la siguiente nota: «Se necesitaban mutuamente para justificar el negativo de su existencia». Y le pedí que siguiera hablándome de su madre.

—Vivimos las dos solas desde que mi hermana se marchó de casa —dijo.

—¿Adónde se fue?

—A estudiar Biología Marina, a Tenerife.

Consulté sus apellidos y descubrí que me encontraba ante la hermana de mi paciente bióloga marina.

—Buscó unos estudios que la obligaran a marcharse lejos de casa. Habría elegido Geología, si se hubiera estudiado en el centro de la Tierra, o Astrofísica, si se hubiera estudiado en la Luna o en Marte.

Hice como que tomaba una nota, pero no escribí nada. Simplemente no quería alentar sus exageraciones. No hay nada peor que un paciente en pleno ataque de vehemencia literaria.

—Fueron años difíciles —prosiguió ella—. Sin mi hermana en casa, las peleas entre mi madre y yo se convirtieron en combates cuerpo a cuerpo. Mi madre me invitaba a seguir el ejemplo de Marta.

> —¿Por qué no estudias algo de provecho como tu hermana? —me decía.
>
> —¿Tú crees que la Biología Marina es algo de provecho? —respondía yo.
>
> —Marta siempre ha sabido lo que quería. No como tú, que no has hecho más que dar tumbos de un lado a otro sin rumbo fijo. A ella siempre le han gustado los animales y el mar.
>
> —No digas tonterías: mi hermana se ha ido de casa para alejarse de ti.

—Ella se rio a carcajadas, como si hubiera escuchado un gracioso disparate.

> —Igual ha sido para alejarse de ti —me respondió—. ¿No se te ha ocurrido pensar eso?

Tomé una nota de solo tres palabras: «Tal para cual», y creí llegado el momento de preguntar por su padre.

—Mi padre —repitió ella. Y se quedó pensativa—. No sé qué decirle. Tampoco aguantó a mi madre. Nos abandonó a las tres cuando mi hermana y yo éramos unas niñas. No tengo muchos recuerdos suyos.

—¿Cómo lo describiría?

Cerró los ojos.

—Muy atractivo —dijo—. Delgado, con la cara angulosa, barba sin afeitar, ojos llenos de furia, pelo largo, una cinta en la frente y el brazo lleno de pulseras.

Anoté: «Describe a su padre como si fuera un indio apache».

—Era un espíritu libre, no un padre de familia de los que van cada día a una fábrica o a una oficina para obtener un sueldo a fin de mes. No sé si me explico. La mayoría de la gente malgasta su tiempo de vida en trabajos de mierda para mantener a unos hijos que, con el tiempo, acabarán despreciándolos. Supongo que mi padre fue consciente de eso y nos abandonó antes de que ocurriera.

Volvió a la semana siguiente con la foto de su padre.

—Mírelo —dijo—. ¿Es o no es atractivo?

Lo era. Tenía una belleza femenina, quizá por el pelo largo, el collar y las pulseras.

—También le he traído una foto de mi madre.

Me puse las gafas. Una mujer y dos niñas posaban ante la puerta de una iglesia.

—Su madre también era muy guapa —dije.

Y no exageré. Tenía un corte de cara en forma de rombo, ojos almendrados, carne en los labios y una melena interminable.

—Esta es mi hermana Marta —dijo, señalando a la niña más alta—. Era la boda de mi tío Toni, el hermano de mi madre. Aquel día, mi hermana y yo lo pasamos muy bien porque nos dejaron quedarnos al baile que siguió a la cena. Fue la primera vez que bailé con mi madre.

Tomé una nota en mi cuaderno: «¿Cuántas veces he bailado yo con mi madre a lo largo de mi vida?».

—Mi tío Toni es músico —me informó ella—. Tocaba en una orquesta y, siempre que era posible, íbamos a verlo actuar.

Asentí con un pálpito de duda.

—¿Cómo se llamaba? —dije—. La orquesta, quiero decir.

Ella no se extrañó al escuchar la pregunta.

—Ritmo de Noche —dijo, sin darme tiempo para expresar mi sorpresa—. Soy amiga de Pilar, la que trabajaba en La Zapatería. Ella me recomendó su consulta por mediación de Trinidad.

—Claro —declaré yo atando cabos.

Y tomé una nota: «Bah, la lógica de los hechos. Seguro que su hermana Marta también vino a mi consulta por mediación de Tri o de Pi». Habría preferido que todo hubiera sido una simple coincidencia, una de esas casualidades inauditas que suceden al filo de lo imposible.

—A mi madre le gustaba mucho bailar —continuó diciendo ella—, pero ninguno de los novios que tuvo sabía hacerlo, así que bailamos juntas muchas veces. Creo que fueron los únicos momentos que compartimos sin discutir, seguramente porque la música ocupa el espacio de las palabras mucho mejor que el silencio.

No quise abrir mi cuaderno. Habría parecido un alumno anotando las ocurrencias de su profesora.

—¿Usted sabe bailar? —me preguntó.

—¿Por qué me lo pregunta?

—Solo quien sabe bailar es capaz de apreciar la comunicación que se establece entre dos personas cuando bailan —dijo ella.

—Sí —declaré—, sé bailar.

—Entonces ya sabe a qué me refiero.

Le sostuve la mirada y estuve a punto de desdecirme para que siguiera explicándose, pero preferí continuar indagando sobre sus relaciones familiares.

—¿Su tío y su madre también discutían?

—No tenían tiempo. Mi tío siempre estaba viajando. Se casó con una saxofonista y entre los dos compraron la orquesta. La mantuvieron en activo durante unos años y luego la vendieron para irse a vivir a Tenerife. Mi hermana se alojó en su casa cuando fue a estudiar Biología Marina. Estoy segura de que mi madre la dejó marchar por eso mismo, lo que significa que Marta eligió sus estudios con gran sentido de la estrategia.

—¿Y ustedes fueron alguna vez a Tenerife?

Ella asintió.

—Muchas veces —dijo—. A mi madre le encantaba el mar y cada verano pasábamos allí unos días. Tengo buenos recuerdos. Por la noche, mis tíos tocaban su música y mi madre y yo bailábamos en el jardín. Lo hacíamos descalzas sobre el césped. No sé si ha bailado alguna vez así: es una sensación extraña porque no se escuchan los pasos. Se tiene la sensación de estar bailando sobre una superficie líquida o gaseosa, como si el mundo hubiera dejado de ser sólido.

Suspiró hondo y sonrió.

—Por el día bajábamos a la playa. Mi madre quería estar morena. No le daba miedo el sol y hasta se reía de nosotras cuando nos poníamos protector solar.

> —Si has estado en la playa, tiene que notarse
> —solía decir.

—A ella se le notaba en todo: su pelo se volvía más rubio, sus ojos se aclaraban y su piel brillaba en un tono tostado que la hacía más atractiva. A veces deseaba que mi padre apareciese por allí y la viera así de guapa.

Hice una pregunta arriesgada para observar su reacción.

—¿Deseaba usted que sus padres volvieran a estar juntos?

Ella levantó una ceja para indicarme que no iba a responder preguntas arriesgadas. «Va a decirle a su amiga Pilar que el psicólogo ese tan bueno que le ha recomendado es gilipollas», anoté.

—Solo quería que la viera así de guapa —se limitó a decir—. Nada más. El resto del verano mi madre seguía tomando el sol para conservar su moreno. Le gustaba el calor. Decía que era una liberación para su cuerpo, como si durante el invierno estuviera condenada a llevar ropa de abrigo.

—¿Por qué no se fueron a vivir a Tenerife? —pregunté con falsa inocencia.

—Nuestra vida estaba aquí.

—A su madre le encantaba el verano y en Tenerife siempre es verano —dije—. Además, tienen familia allí y su hermana es bióloga marina.

Mi lógica fue tan aplastante que ella me pidió clemencia con los ojos.

—Aquí es donde estaba el trabajo de mi madre —confesó—. Todo lo que hemos sido se lo debemos a ese trabajo.

Le devolví la mirada sin pestañear.

—Mi madre trabajaba en una perfumería. Era una humilde tienda de barrio que vendía agua de colonia, esmalte de uñas y laca para el pelo a granel. No teníamos otro modo de vida.

—¿No hay perfumerías en Tenerife? —pregunté yo.

—Los dueños de la perfumería eran unos familiares

muy mayores que también dependían de mi madre. No podía irse y dejarlos colgados. Ella se encargaba de todo lo relacionado con el negocio. Hacía los pedidos, atendía a las clientas, pagaba el alquiler del local y hasta llevaba las cuentas con la ayuda de una gestoría.

En nuestra tercera sesión le hice una pregunta importante.

—Dígame cómo murió su madre.

Mi paciente pareció dudar, como si desconociera la respuesta. Por un momento, temí que abandonara la consulta sin responderme.

—Le dio un infarto de miocardio —acabó diciendo.

—¿Sufría del corazón?

—No. A veces se quejaba de un dolor en el pecho, pero era debido a la ansiedad.

—¿Estaba usted con ella cuando sufrió el infarto?

Ella negó con la cabeza.

—Ese día habíamos tenido una fuerte discusión, esta vez por culpa de mi hermana.

—¿Qué pasó?

—Mi madre se había enterado de que Marta había venido a la península para asistir a un congreso científico y no se había acercado a visitarnos. Yo salí en su defensa, disculpando su ausencia, y acabamos subiendo el tono.

Cerró los ojos y pronunció un silencio aterrador.

—La mandé al infierno —dijo, todavía con los ojos cerrados—. Es lo último que le dije a mi madre:

—Vete al infierno.

Contuve mi sorpresa y me limité a espirar muy despacio para que no pareciese que estaba emitiendo ninguna clase de juicio.

—¿Cómo se enteró de que había sufrido un infarto? —pregunté.

—Yo estaba dando una vuelta para recuperar la calma. Una vecina me llamó por teléfono cuando vio la ambulancia en el portal. Inmediatamente cogí un taxi y me dirigí al hospital. Quería ver a mi madre para disculparme: «No tenía que haberte mandado al infierno. Solo era una expresión de rabia. Ya me conoces. ¿No te lo habrás tomado al pie de la letra? ¿Verdad que no? Digo las cosas sin pensar. No tengo el don de la oportunidad».

Hizo un alto en la enumeración para respirar.

—Cuando llegué al hospital, mi madre ya había muerto. Me dejaron verla un segundo. No pude decirle nada. Tan solo le di un beso en la frente.

Hizo una pausa más que necesaria.

—Mi hermana no me habla desde entonces —dijo después.

—¿Por qué no?

—Me culpa de la muerte de nuestra madre.

Hice un gesto de incomprensión con las manos.

—Le conté que habíamos discutido por su culpa y se siente responsable. Cree que mi madre se disgustó y tuvo una subida de tensión o algo así. Me habló con mucha dureza después del entierro.

—¿Por qué no le diste la razón, aunque solo hubiera sido por una vez en tu vida? ¿Por qué tuviste que salir en mi defensa? No tengo disculpa. Vivo fuera de la península y mi obligación era haberos hecho una visita.

Descarté la opción de intervenir confesando que la disculpa de su hermana era yo.

—No nos hemos vuelto a ver desde el día del entierro —añadió ella.

Se quitó la chaqueta, la dejó doblada en el respaldo de la silla y se cruzó de brazos, mirándome a la vez que me daba la palabra. Cerré mi cuaderno de notas y lo dejé a un lado de la mesa.

—Quiero que me diga qué haría si su madre entrara ahora mismo por esa puerta —dije, señalando a mi espalda.

Ella miró detrás de mí.

—No lo piense —insistí—, solo dígamelo.

—Bailar con ella —respondió.

—¿No preferiría pedirle perdón?

—No sé —dudó—, supongo que sí. Me ha dicho que respondiera sin pensarlo.

Asentí.

—Le he pedido que no lo pensara porque no quería una respuesta racional —dije—, sino emocional. Es su parte racional la que le provoca los remordimientos. Su parte emocional solo quiere bailar con ella.

Ella cambió de postura.

—No entiendo qué quiere decir.

—¿Ha bailado alguna vez con alguien desde que su madre murió?

Ella negó y frunció el ceño. Yo saqué el móvil del bolsillo, busqué en mis archivos y subí el volumen.

—Permítame.

Me levanté y le ofrecí mi mano. Ella continuó negando.

—¿Qué es esto? —exclamó.

—Forma parte de la terapia —contesté yo.

Se levantó muy despacio mirando a los lados, como si estuviera siendo víctima de una broma. Le puse mi mano derecha en la espalda. En el móvil sonaba una balada de Robbie Williams. Bailamos en un metro cuadrado de mi despacho, sin apenas dar ningún paso, moviendo los torsos como si estuvieran expuestos a una corriente de aire.

Cuando la canción terminó, volvimos a sentarnos. El cuaderno seguía cerrado.

—Los remordimientos han anulado su capacidad dialéctica —le dije—. Eso explica por qué no discute usted con nadie, pero no olvide que tiene usted una parte emocional.

Se acodó en sus piernas para acercarse a mí.

—Me ha mentido, doctor —dijo—: no sabe bailar.

—Eso no importa: lo importante es lo que ha sentido usted.

—Me he acordado de mi madre. He vuelto a oler a laca y a esmalte de uñas, he visto el color de su piel, he sentido el calor de sus manos, he notado sus pies descalzos bailando sobre el césped del jardín.

Dijo todo eso mirando al suelo, en el trance de la memoria. Luego levantó la vista entre sorprendida e intrigada, sin saber si se encontraba ante un profesional sanitario, un farsante o un mago.

—Eso es exactamente lo que pasaría si discutiera usted con otro ser humano —dije yo.

Ella regresó del trance. Y negó.

—Bailar no es lo mismo que discutir —dijo.

—No lo es para su parte racional.

—¿Qué quiere decir?

Entonces fui yo quien negó. Me puse en pie y lancé un hondo suspiro a modo de conclusión.

—No voy a decirle nada más y tampoco es necesario que vuelva por aquí: la terapia ha terminado. En la factura que le llegará por correo figura mi número de móvil. Cuando averigüe lo que he querido decirle, envíeme un mensaje.

Tardó tres semanas en contestarme. Fue un sábado por la noche. Yo estaba con *Mismís*, viendo un documental sobre las jirafas que habitan en el Parque Kruger de Sudáfrica. El móvil vibró sobre la mesa, describiendo un movimiento circular sobre sí mismo. El mensaje que acababa de recibir decía: «Discutir con mi madre era un acto de amor».

Sonreí fugazmente. A veces las respuestas deben surgir de nuestro interior, en silencio, sin el concurso de ningún órgano de fonación. No sirve de nada decirlas ni escucharlas en boca de un semejante.

Mi trono

Es sabido que los gatos poseen un sexto sentido. *Mismís* puede saber si alguien viene a mi consulta solo con escuchar el sonido del ascensor. Su reacción es infalible. Si, cuando se oye el ascensor, corre a esconderse debajo de la cama, significa que alguien viene a verme. Si permanece en su lugar, recostado o sentado tranquilamente, el pasajero del ascensor se dirige a otro piso. A menudo me he preguntado cómo funciona esta increíble habilidad felina. Hay pacientes que ya han estado en la consulta, de manera que *Mismís* podría conservar su recuerdo olfativo, pero lo mismo sucede con los que vienen por primera vez.

—¿Cómo es posible? —le pregunto a *él,* directamente—. ¿Cómo sabes que la persona que ha llamado al ascensor en el patio, tres plantas por debajo de donde nos encontramos, viene a la consulta? ¿Es una cuestión olfativa, un sonido especial, una intención que deja una marca transmisible por el aire?

Él me mira entonces con ojos de sueño, como si le aburrieran mis preguntas.

«Tú no puedes entenderlo», parece decirme. «Solo tienes cinco sentidos.»

Mismís ya estaba debajo de la cama cuando el Monarca se sentó en la butaca de los pacientes.

—Me llamaban así porque mi palabra llegó a ser soberana —me explicó.

No era un tipo alto, pero sí grueso. Tenía el pelo largo y canoso y una barba que, en efecto, lo hacía parecer un monarca antiguo, un rey de la Reconquista. «Me encuentro ante Alfonso I, el Batallador, en persona.»

—Siempre he tenido habilidades extrasensoriales, desde que era un niño —continuó diciendo—. Con solo cinco años predije la muerte de mis abuelos.

Lo miré con las cejas arqueadas para hacerle saber que eso no tenía ningún mérito. Cualquiera puede predecir la muerte de sus ascendientes.

—Me desperté en mitad de la noche gritando y llorando. Había tenido una visión en la que mis abuelos morían quemados en una hoguera. Mi madre trató de tranquilizarme y me dejó dormir con ella el resto de la noche, sin darle importancia al suceso hasta que, un par de años después, mis abuelos sufrieron un accidente de tráfico y murieron calcinados en un autobús. Entonces fue cuando mi madre empezó a preocuparse por mí.

—¿Qué has soñado hoy? —me preguntaba por las mañanas, con una sonrisa temblorosa de curiosidad y pánico.

—Ella creía que el problema residía en mis sueños, pero no es así. Lo que tengo desde niño son visiones, imágenes que se forman en mi retina sin pasar por mis ojos, como si procedieran de alguna parte de mi cerebro y recorrieran el nervio óptico en sentido inverso.

—Necesito ejemplos —dije.

Hizo un rápido ejercicio de memoria selectiva.

—Una mañana le pedí a mi madre que no fuera a trabajar —dijo—. Ella no preguntó por qué. Llamó a su empresa, alegó encontrarse indispuesta y se salvó del incendio que se produjo en la nave donde trabajaba. Otra mañana le recomendé que no regresara a casa más tarde de las once; otra, que no volviera a salir con el hombre que me había presentado el día anterior; otra, que tirase a la basura el pescado que había en la nevera. Tengo muchas visiones, aunque no siempre sé interpretarlas. A veces veo una bruma parecida al humo y no sé si va a producirse una explosión de gas, se va a derrumbar un edificio o simplemente va a estar nublado. Otras veces comprendo mis visiones mucho tiempo después de tenerlas. En una ocasión vi cómo un caballo devoraba una de mis manos. Años después hice una excursión a las montañas y un caballo atacó a la chica que me acompañaba. Le mordió en la misma mano que yo había sostenido durante todo el camino hasta allí.

Le pedí unos segundos para tomar una nota: «Puede ser un caso de sugestión, pero por si acaso debo recordar no darle la mano a este señor cuando se vaya». La pausa sirvió para que mi paciente se saltara varios capítulos de su infancia y juventud.

—Acabé el instituto y decidí estudiar con un maestro de la videncia, como si fuera un aprendiz. De nada me habría servido ir a la universidad, porque la ciencia oficial niega que mis visiones sean posibles. —Elevó los hombros un segundo—. No existo para la ciencia. Soy invisible. Imposible. Estudié quiromancia, nigromancia, licnomancia y cristalomancia. Aprendí a leer las cartas del tarot, los posos del café y a practicar la clarividencia con imágenes de santos. Mis maestros se sorprendían al comprobar lo mucho y rápidamente que desarrollaba mis capacidades. A los veinte años ya era el sustituto de uno de ellos. A los veintidós abrí mi propia consulta.

«¿De verdad puede llamarse consulta el lugar donde atienden los videntes?»

—Durante unos años mantuve una clientela fija y gané el dinero suficiente para que mi madre pudiera dejar de trabajar. Entonces, una productora me ofreció un contrato para atender llamadas telefónicas en un estudio de televisión. Acepté la oferta a tiempo parcial para continuar atendiendo mi consulta. No quería apostar todo mi futuro a una sola carta, pero no pude con las dos cosas. —Volvió a encoger los hombros—. Mis habilidades tienen sus límites y no me gusta fingir que veo cosas sin verlas. Es la frontera moral de mi trabajo. A veces, en la productora de televisión, mi jefa me pedía que dijera lo que el público quería escuchar, pero yo nunca lo hice.

Me señaló con un dedo.

—No sé si usted cree o no en la videncia y no me interesa saberlo —dijo—, pero escúcheme bien: le aseguro que soy capaz de ver escenarios que suceden en el futuro. No sé cómo ni por qué, pero es así. Por eso, nunca he estado dispuesto a interpretar el papel de un lector de deseos, un cuentacuentos o un charlatán de feria que regala el oído del público.

—¿Cómo actuaba entonces?

—Si, por ejemplo, llamaba una mujer preocupada por la salud de su marido y yo veía la muerte, se lo decía.

> —Señora, su marido va a morirse.

—Si veía el desamor, lo decía. Lo mismo si veía la mala fortuna, la desesperanza o la fatalidad. Por idéntica razón, si veía la salud y la buena fortuna, también lo decía.

> —Señora, su marido va a recobrar la salud enseguida.

«Pobre señora, qué voluble es el destino.»

—Otros videntes del mismo canal eran menos estrictos que yo, moralmente hablando, y se dedicaban a regalar descaradamente el oído de sus clientes.

> —Su marido va a quedarse mejor que antes de la operación.
>
> —Ese trabajo significa una gran oportunidad para usted.
>
> —En un plazo máximo de dos meses, va a comenzar a entrar dinero en su casa.

—Muchos tenían más éxito que yo. La productora elaboraba mensualmente un listado de las llamadas atendidas por cada vidente, incluyendo los minutos de conversación y el importe facturado. Yo no era el último de la lista, porque siempre había alguien con menos nombre, pero nunca estaba entre los primeros. Aquellos listados eran muy significativos desde un punto de vista antropológico. Significaban que los espectadores no quieren conocer su futuro. Solo quieren asegurarse de que su criterio es cierto. Pagan para tener razón. Si de verdad estuvieran interesados por el futuro, asumiendo la parte de incertidumbre que eso implica, elegirían a uno de los videntes competentes, como yo, que lo mismo vemos fortuna que desgracia. Si eligen a los que siempre ven fortuna, es más por fetichismo que por otra cosa. Usan a los videntes como santos del cielo, igual que si acudieran a una iglesia para compartir sus miedos con san Antonio de Padua, santa Lucía o san Gabriel y ellos, Antonio, Lucía o Gabriel, les dieran siempre la razón.

Ya me había dado cuenta de que mi paciente se callaba cuando yo abría el cuaderno para tomar una nota. «Nunca había conocido a nadie que tuteara a los santos del cielo. Supongo que en la intimidad los llamará Toni, Lucy y Gaby», escribí.

—Las cosas comenzaron a ir de mal en peor —prosiguió cuando cerré el cuaderno—. Tuve muchas visiones negativas y eso me hizo perder clientela. Un día mi jefa me llamó a su despacho.

> —Esto no puede seguir así —me dijo muy seria—. Mira tus números.

—Me dio un listado con una gráfica que parecía una señal indicando dónde se encontraba el sótano del estudio.

> —Tienes que ser más positivo —añadió.
>
> —No puedo forzar mis visiones —contesté yo—. No dependen de mí.
>
> —Cómo no van a depender de ti si tú las generas.
>
> —Tú ves una realidad que tampoco depende de ti —repliqué—. Lo visto no depende de quién lo está viendo: existe por sí mismo, aunque nadie lo vea.

«Ojalá ciertas cosas dejaran de existir con solo desviar la mirada», anoté.

—Aquella noche no pude dormir —continuó el

Monarca—. Mi madre todavía vivía conmigo, aunque para entonces ya había olvidado quién era. Sufría una demencia en estado muy avanzado. A media noche fui a su habitación y me acosté a su lado. Ella se despertó un segundo para rodearme con un brazo, tal como hacía cuando era pequeño y dormíamos juntos. Por la mañana estaba muerta.

Dijo eso y me miró fijamente. «¡Qué giro de guion más dramático!», escribí entre signos de exclamación.

—¿No lo entiende? —añadió en un estado de creciente excitación—. ¿Cómo es posible que un vidente como yo no hubiera previsto la muerte de su madre?

Espiró todo el aire que había en sus pulmones, como si fuera un animal preparándose para un combate a vida o muerte.

—No vi la muerte de mi madre porque yo mismo la provoqué —dijo después.

Y se sumió en un largo silencio, con la mirada perdida en el suelo, mientras yo me preguntaba si hablaba literalmente o en sentido figurado.

—Hasta ese momento no lo había pensado —confesó—, pero era posible que las cosas sucedieran por mi culpa. Estaba pasando una mala temporada. No tenía ganas ni energía para trabajar, por eso mis televidentes me estaban abandonando, mi jefa me había llamado a su despacho y mi madre había muerto. El mundo se regía por mi estado de ánimo. Mis capacidades extrasensoriales se habían desarrollado hasta el punto máximo, que es el de un creador todopoderoso. El mundo entero dependía de mí. Me había convertido en Dios.

«¿Y me parecía dramático el giro de guion anterior?», anoté en mi cuaderno, tratando de no manifestar mi estupor.

—Sé lo que ha escrito —dijo él cuando volví a mirarlo.

—¿Lo sabe?

Chasqueó la lengua.

—A usted también le parezco imposible. Me pregunto qué hago aquí. No sé por qué he venido. Supongo que he creído que la psicología está a medio camino entre la ciencia y la paraciencia, dado que se ocupa del órgano más evolucionado de la creación. Hay muchos comportamientos y capacidades que escapan a cualquier clase de estudio o conocimiento. El cerebro humano no puede explicarse al cien por cien desde el punto de vista de la ciencia. Los psicólogos saben que hay algo más. Otra cosa es que lo reconozcan en público o solo lo piensen en privado, después de haber tratado a un paciente determinado o haber presenciado algo increíble. —Se señaló el pecho con un dedo—. Yo soy ese paciente determinado. No existo para la ciencia, pero sí para la paraciencia. Y también para la fe. Soy un creador y el mundo se rige bajo mis designios.

Torció la cabeza antes de continuar.

—No me cree, ¿verdad? Le he contado cómo vi a mis abuelos arder en el fuego. Aquella visión parecía un vaticinio, pero era una profecía. Mis abuelos murieron calcinados porque así lo quise yo, aunque fuera involuntariamente. No veo el futuro, lo provoco. Si le digo a un oyente que va a morir, lo condeno a muerte. En caso contrario, le salvo la vida.

No me atreví a tomar ninguna nota, un atisbo de miedo me detuvo. Era evidente que aquel sujeto no era Dios ni provocaba el futuro y, sin embargo, mi capacidad de resistencia a la sugestión comenzaba a flaquear.

—Todo cambió tras la muerte de mi madre —prosiguió—, una vez constatado mi extraordinario poder. La gente seguía llamando a la televisión para preguntarme por la salud, el amor, el dinero y la suerte, pero yo no podía contestar nada en concreto. Solo decía generalidades indistintas para no condenar a los televidentes con mis palabras. Mi jefa me miraba desde el otro lado de las cámaras con los brazos cruzados, preocupada por mí. En cualquier momento iba a retirar mi programa de la parrilla. Entonces llamó aquella chica.

Se calló un momento para beber agua lentamente, como si no quisiera seguir hablando.

—Era escritora y tenía problemas para separar la realidad y la ficción. —Sonrió una décima de segundo, pero solo fue un gesto de ironía—. Decía que todo lo que imaginaba en su mundo de ficción se acababa cumpliendo en la realidad. O, dicho de otro modo, sus novelas no se inspiraban en hechos reales, sino que estaban destinadas a convertirse en realidad.

«A este señor no le puedo cobrar la tarifa normal. Le voy a incluir un plus de peligrosidad.»

—Estaba desesperada y quería mi consejo. No supe qué decirle, entre otras razones porque estaba viendo con claridad una muerte en forma de suicidio, probablemente la suya. El suyo. No quería decírselo. Si lo hacía, corría el riesgo de que ella lo escribiera y se hiciera realidad, una vez asumido que aquella mujer no haría nada que no hubiera escrito previamente. Mi jefa comenzó a hacerme señas desde el otro lado de la cámara.

—Es una llamada en directo —me decía—, tienes que contestar.

—Todo lo que hice fue comenzar a sudar, mientras pensaba en la posibilidad de mentir. Fue curioso. En aquella situación insostenible, al borde del ridículo profesional, me di cuenta de la utilidad que tiene la mentira, como si lo falso pudiera ser la única solución posible cuando ya todo parece irreal. Al final elegí el silencio. Y eso me provocó un colapso orgánico. Mi potencia adivinatoria estalló dentro de mí. El rostro se me congestionó, las manos se me hincharon y de mi estómago surtió un vómito de fuego que se emitió en directo a todo el país.

Agachó la cabeza y elevó los ojos para esconder la mirada detrás de las cejas. Yo asentí. «Lo sé», escribí en mi cuaderno, «la escena puede verse todavía en esas recopilaciones de pifias que circulan por internet.»

—¿Qué pasó después? —dije.

—Fui sustituido por un tipo que ni siquiera era vidente profesional. Se dedicaba a presentar concursos y a hacer anuncios publicitarios. Como mi nombre era el Monarca, a él le pusieron el Delfín. Fue una abdicación forzosa, por así llamarla. Lo vi muchas veces por televisión. Era un tipo intuitivo, atento a todo y rápido de reflejos.

—¿En qué sentido?

—Cualquier cambio en un tono de voz, cualquier atisbo de duda, cualquier detalle le proporcionaba pistas para aventurar una hipótesis. También era un tipo con suerte, porque muchas veces adivinaba por casualidad cosas singulares, difíciles de suponer. No sé qué habrá sido de él. Hace semanas que ha dejado el canal. Tal vez se ha dado cuenta de que predecir el futuro es cosa de dioses y no de hombres ni de santos. No lo sé.

«Yo sí lo sé, pero no se lo voy a decir.»

—Se está haciendo tarde —dije señalando el reloj de la consulta—, y aún no sé cómo puedo ayudarle.

—Ya no tengo visiones —confesó en voz baja.

—¿Cómo dice?

Lo había escuchado, pero quería que lo repitiera con más firmeza.

—Desde el día del vómito, no he vuelto a tener una visión profética.

Negué con la cabeza, como si no tener visiones proféticas fuera un problema serio.

—¿Por qué? —dije.

—Eso llevo preguntándome desde entonces.

—¿Y ha llegado a alguna conclusión?

Inspiró profundamente.

—Supongo que ya nadie espera nada de mí —dijo—. No tengo clientela. No trabajo en ninguna consulta ni programa de televisión. No necesito tener visiones, lo que significa que mi capacidad profética no era más que una sugestión provocada por los demás. No era una acción sino una reacción, de modo que no hay capacidad creadora en mí. No soy Dios. Más bien al contrario, soy el instrumento que usan los dioses para conocer su futuro. Mis clientes son dioses. Cada persona que se preocupa por el futuro es su propio dios. Mi madre era una diosa. La escritora que plasma en la ficción lo que luego se hará realidad también lo es.

Levanté una mano y negué.

—Si todo el mundo es Dios, Dios no existe —dije poniendo una mueca de evidencia.

—Yo no he dicho que todo el mundo sea Dios —matizó él con un dedo levantado—. Solo lo es quien se preocupa por su futuro o el de los demás. Por eso estoy aquí, porque yo no soy Dios, pero usted sí puede serlo.

Mi gravedad

A *Mismís* no le gusta pisar el suelo de mi apartamento, que está hecho de un material sintético muy acogedor. Camina sobre él con miedo de resbalarse, como si lo hiciera sobre una pendiente o una placa de hielo, y, siempre que puede, evita su contacto saltando ágilmente de un mueble a otro, aunque eso lo obligue a pasar por el alféizar de una ventana o por un radiador del sistema de calefacción. Cuando me di cuenta de este detalle, supuse que *Mismís* se sentía vulnerable cuando se encontraba a la altura del suelo, incapaz de salir corriendo en caso de necesidad. Eso explicaba también su costumbre de dormir en alto, sobre el sofá, junto a una ventana o encima de una silla. Nunca en el suelo, ni siquiera en verano, cuando es el sitio más fresco de la casa.

Por el contrario, siempre le ha gustado meterse debajo de la cama, donde por supuesto el suelo es idéntico al del resto de la casa. Es evidente que la cama le sirve de techumbre, de lo que se deduce que a *Mismís* no le incomoda el suelo sino la distancia que mantiene con el techo, por eso se sube a los muebles y por eso duerme en el sofá.

No está evitando el suelo, sino aspirando a llegar al techo.

Un sujeto con la nariz rota entró en mi consulta llevando un casco de moto bajo el brazo.

—Sufro vértigo, un vértigo paralizante, pero no es un miedo a las alturas, sino al cosmos —dijo cuando se sentó—. Vivo en la bodega de mi casa, bajo tierra y me atemoriza salir al exterior.

«Agorafobia cósmica con vértigo paralizante, un clásico», anoté.

—¿Cómo ha venido hasta aquí? —pregunté.

—Con esto puesto en la cabeza —respondió señalando al suelo.

Había dejado el casco junto a la butaca.

—¿No ha venido en moto?

—He venido en taxi.

—¿Con el casco puesto?

Asintió.

«Quizá el taxista venga más tarde a pedir hora en mi consulta», anoté.

—¿A qué se dedica usted? —le pregunté.

—Estudié Ciencias Físicas, fui investigador durante unos años y ahora vivo retirado.

—¿Por qué le tiene miedo al cosmos? —pregunté, con la sensación de estar en un mundo de ficción.

—Es por la fuerza de la gravedad —respondió—. Gracias a ella mantenemos los pies en el suelo. Ya sabe, es una ley universal, pero en la naturaleza nada es inmutable. El sentido de la fuerza puede cambiar. La misma magnitud sería distinta si la calculamos usando la masa de la antimateria. Nadie nos asegura que la gravedad sea eterna.

No me atreví a negar, ni en contra de la inmutabilidad de las fuerzas ni con intención de quitarle la razón.

—Si un día la fuerza de la gravedad desaparece o cambia de sentido —añadió—, estaremos más seguros bajo una montaña o un volcán, cuanto más altos ellos y más profundos nosotros, mejor.

«Como le haya contado esto al taxista, viene a pedir hora fijo», anoté.

—El cosmos me da pavor. La mayoría de la gente cree que el cielo es un espacio gaseoso que hay sobre nuestras cabezas, pero a mí me parece un abismo insondable por el que puedo precipitarme en cualquier momento para no terminar de caer en toda mi vida. ¿Usted se imagina una muerte así? El cielo es tan profundo que, si cayera por él, moriría de inanición antes de tropezar con algún obstáculo o alcanzar el fondo. El resto de mi vida sería una caída libre horripilante. Eso es lo que me paraliza.

Tomé otra nota: «Es curioso que se paralice por obra de una caída libre interminable».

—¿A qué se dedicaba cuando era investigador? —pregunté.

—A buscar evidencias de la materia oscura del universo.

—¿Dónde? —continué preguntando—. ¿Cómo hacía eso?

—En el interior de una montaña, con la ayuda de unos detectores especiales. El instituto tecnológico construyó un laboratorio para cazar neutrinos y otras partículas de interacción débil en un antiguo túnel de ferrocarril que atravesaba una montaña de los Alpes italianos, cerca de Aosta.

—¿Por qué allí?

—La montaña servía como un filtro para descartar otras partículas que recibe la superficie de la Tierra y no pertenecen a la materia oscura. El aprovechamiento de un túnel abandonado suponía un enorme ahorro económico. Viví allí durante diez años.

Al nombrar el lapso de tiempo enmudeció. Es algo que pasa con frecuencia, lo que prueba que el tiempo es el dueño de los silencios.

—Era un laboratorio pequeño: dos salas para albergar los detectores de neutrinos y una tercera para el personal del laboratorio. Disponíamos de dos camas, una pequeña cocina, un retrete, un depósito de agua y un generador eléctrico. Se trataba de un proyecto de colaboración internacional, de modo que compartí aquel espacio con científicos de varias nacionalidades, siempre de dos en dos por el tema de las camas. Si venían visitas, tenían que dormir en Licordia, que era el pueblo más cercano desde la salida sur del túnel. Con el tiempo, el proyecto dejó de resultar interesante. La aportación económica se redujo y me quedé solo en el interior de la montaña. Fue una decisión personal.

—¿Por qué dice eso?

—Porque me presenté como voluntario.

Lo miré interrogativamente.

—Lo hice por Chiara —dijo suspirando—, la chica que venía cada semana a traer comida, lavar la ropa y limpiar la sala del personal.

—Hábleme de ella.

—Era joven, pero aparentaba más edad. No solía arreglarse y tenía algo de sobrepeso. Llevaba siempre el pelo recogido en una coleta. Al principio no me fijé en ella. Nunca sonreía ni interactuaba con nosotros, los científicos, quizá porque el idioma oficial del laboratorio era el inglés y ella solo hablaba italiano, pero un día coincidimos los dos solos. El compañero de turno se había ido de viaje. Ella llamó a la puerta. El laboratorio estaba siempre cerrado con llave, por motivos de seguridad. Dejó la comida que había traído en el frigorífico y comenzó a deshacer las camas. Yo volví a los ordenadores, como siempre, para seguir rastreando las señales cósmicas que habíamos registrado por la noche, pero me entretuve observándola mientras cambiaba las sábanas. Era una mujer de hermosura cinética, no sé si me explico.

Asentí y tomé una nota: «¿La hermosura cinética? Sí, claro, mucho mejor que la estática».

—Sus movimientos creaban una inercia bellísima —continuó diciendo—, como si estuviera bailando, volando o buceando con una elegancia a la vez eficiente y plástica. Su coleta se agitaba como un animal cautivo tratando de liberarse de una trampa, sus muslos parecían delfines saltando en un mar de sábanas, sus nalgas, dos estrellas orbitando entre sí, sus ojos, dos neutrinos como los que buscábamos en aquel túnel. Allí estaba la verdadera materia oscura del universo.

«Resulta tranquilizador comprobar que los físicos también pueden ser cursis», anoté.

—Poco después llegaron los recortes, y el instituto nos comunicó que prescindiría de uno de nosotros. Antes de ofrecerme voluntario para quedarme, pregunté si tendría que ocuparme de la compra y la limpieza, o si lo haría la chica del pueblo. Como ve, en mi planteamiento había una indolencia machista que disfrazaba mi verdadera inquietud.

Asentí. «Sea lo que sea, la indolencia machista es un sentimiento deplorable.»

—Me aseguraron que Chiara seguiría viniendo al laboratorio, así que toda la semana comenzó a girar alrededor de los viernes, que era cuando venía. El jueves se convirtió en el mejor día de todos, lleno de expectativas. El sábado era el día más gris, con las expectativas hechas trizas. Así, hasta que, un día, ella me miró.

—¿Nunca lo había mirado antes?

—No con esa intensidad. Habíamos cruzado miradas fugaces y hasta alguna de esas sonrisas automáticas que se esbozan por cortesía, pero nunca me había mirado fijamente, como ese día. Estaba doblando las sábanas cuando de pronto se sentó sobre la cama. Al no escuchar ningún sonido a mi espalda, me volví hacia ella y comprobé que me estaba mirando. Me acerqué y le hablé en italiano.

—¿Sucede algo?

—Ella se quitó la bata de trabajo y se señaló la espalda. Me asomé a ella con cautela, temiendo perder el control de mi voluntad.

—¿Qué vio?

—Cardenales de varios tamaños y una mancha lumbar que pasaba del morado al amarillo y luego al negro, como si su piel fuera la cartografía de una tormenta. —Cerró los puños y negó con la cabeza—. Estaba casada con un hombre mayor que ella, un animal desconfiado que trataba de solventar su diferencia de edad a base de golpes. La tiraba al suelo y le pegaba con un bastón en la espalda. Así me lo contó. Nunca le había tocado la cara ni los brazos o las piernas. No quería que nadie descubriera el maltrato.

—¿Y ella? ¿No denunció los hechos a la policía?

—Estaba amenazada de muerte si se lo contaba a alguien. Tendría que haber visto cómo temblaba. Si me lo contó, fue porque estábamos solos en el interior de una montaña, a varios kilómetros de distancia de las salidas del túnel.

—¿Y usted qué hizo?

—Le pedí que se quedara conmigo y me ofrecí para acompañarla a la policía, pero ella se negó.

—*Tu qui, qui* —decía ella mirando alrededor.

—Quería que yo permaneciera allí, bajo la montaña, para ofrecerle un refugio seguro al menos un día por semana. El viernes también era su día especial. Me mostró su teléfono móvil con el registro de llamadas de aquel animal. Eran centenares. La llamaba a todas horas para saber dónde estaba. En el interior del laboratorio no había cobertura de telefonía móvil, por eso se sentía tan segura allí dentro. —Hizo una pausa para cambiar de postura—. Comencé a vivir angustiado. Cada instante sin Chiara se volvía un tiempo irreal, una fantasía horripilante en la que todo podía ocurrir: que estuviera herida, que necesitara atención médica o incluso que muriera. Mi imaginación iba siempre más allá de la realidad. Lo único que podía hacer para tranquilizarme era vigilar los ordenadores y realizar las tareas domésticas. Luego, cuando llegaba el viernes y ella aparecía en el laboratorio, la realidad sustituía a la ficción y pasábamos la mañana hablando, tumbados en la cama, abrazados. Nunca nos besamos ni hicimos el amor. Solo nos abrazábamos. Ella necesitaba sentir mi cuerpo a su lado. Y yo el suyo. Nos necesitábamos mutuamente. Y también necesitábamos la protección de la montaña.

Se quedó mirando el casco y por un momento pensé que iba a ponérselo para seguir hablando.

—Uno de aquellos viernes, después de despedirnos, decidí seguirla hasta su casa en mi automóvil. Me sorprendió ver flores en los balcones. No parecía la casa de alguien que sufre malos tratos. Las flores estaban ahí para colorear la realidad. Todo el mundo sabe que en una casa llena de flores solo suceden cosas felices. Aparqué unos metros más lejos y me acerqué a pie para atisbar por las ventanas. Su marido no tardó en llegar del trabajo. Lo vi apearse de un todoterreno lleno de barro. No era tan mayor como había supuesto, lo que significaba que Chiara era más joven de lo que creía. Caminaba con un bastón en la mano, cojeando de una pierna, como aquejado de una poliomielitis. La oscuridad de la tarde me permitió observar la vida hogareña dentro de la casa a través de las ventanas. Chiara preparaba la cena mientras el animal se daba una ducha. Me dieron ganas de entrar y atacarlo allí mismo. Si no lo hice fue porque, en realidad, desconfiaba de mis fuerzas.

Se puso una mano en la boca y dejó que transcurrieran unos segundos.

—¿Por qué desconfiaba de sus fuerzas? —pregunté.

—Estaba en el mundo exterior y me faltaba la montaña —respondió—. Aquella noche advertí mi dependencia de la tierra bajo la que había vivido durante años. Por eso no pude encararme con aquel animal. Al viernes siguiente le conté a Chiara lo que había visto y ella se puso muy nerviosa. Si su marido sospechaba que yo sabía algo de su vida privada, estábamos perdidos. Primero me mataría a mí y luego a ella. Me hizo prometer que no volvería nunca por su casa. Entonces debería haberle propuesto fugarnos juntos, lejos, muy lejos, a la Patagonia, al Ártico, a la costa más oriental de Australia, pero no lo hice y ya sabe por qué.

«No se puede viajar a la Patagonia o al Ártico sin llevar puesto un casco de motorista.»

—La única opción de salvar a Chiara era convencerla de que se quedara allí dentro, conmigo. Y, aun así, uno de los dos habría tenido que salir regularmente a comprar víveres y combustible. Era una opción inviable, de modo que volvimos a nuestra rutina habitual, ella viviendo con el animal y yo con los neutrinos, hasta que llegaba el viernes y podíamos hablar, abrazarnos y comer juntos. A veces creía que la materia oscura del universo era aquel animal y me daban ganas de cambiar los papeles: Chiara debería haberse quedado en el laboratorio mientras yo iba a su casa para estudiar a su marido. Un día recibí la visita de los responsables del instituto tecnológico. Traían malas noticias. El proyecto no había cumplido las expectativas y el cierre del laboratorio era inminente. Nuestra rutina tenía fecha de caducidad.

«Lo que tiene fecha de caducidad es la propia vida. Las rutinas son más bien de consumo preferente», anoté.

—El siguiente viernes me levanté temprano y esperé a Chiara con el café preparado, pero llegó más tarde de lo normal, a media mañana, cuando ya estaba a punto de salir a buscarla. Recalenté el café y le pedí que me contara lo que había sucedido. Antes de hacerlo, se levantó la camiseta y me enseñó el costado. Tenía varias costillas rotas. El animal la había golpeado más fuerte que nunca. Quise llevarla a un hospital, pero ella se negó.

> —Las costillas se sueldan solas y no puedo arriesgarme a que Luca me encuentre —dijo.

—Le ofrecí dinero. Apenas llevaba encima unas monedas y un par de billetes, porque el dinero no es necesario en el interior de una montaña, así que le di mi tarjeta de crédito. Ella no quiso aceptarla, pero yo insistí. Podía usarla siempre que quisiera. Eso dejaría un rastro geográfico que yo podría seguir. Se lo dije claramente para que comprendiera que mi generosidad no era gratuita. Nos dimos el último abrazo, que no fue más que un simple roce porque no quería hacerle daño. Se montó en su furgoneta y, al contrario de lo que solía hacer, abandonó el túnel por la salida norte.

Antes de seguir, mi paciente inspiró y encogió los hombros, como si una cosa fuera consecuencia de la otra.

—Apenas una semana después, el laboratorio estaba desmantelado. Los detectores fueron trasladados a un almacén del instituto tecnológico y el mobiliario se quedó bajo la montaña. Nadie iba a volver por allí en los años siguientes. El instituto no sabía qué hacer con dos camas, un hornillo, una nevera y un microondas, así que lo dejaron todo allí.

—¿Qué hizo usted?

—Pedí el favor de pasar una noche más en el laboratorio y me dejaron un juego de llaves sin hacer preguntas. Supongo que debí de parecer un nostálgico con ganas de recordar los años vividos bajo tierra, aunque mi intención era otra bien distinta.

—Dígame cuál.

—Me desplacé a Licordia y llamé al timbre de la casa con flores. El animal me abrió la puerta.

> —Luca —le dije para que supiera que lo conocía—, no sé dónde se encuentra su mujer ahora mismo, pero puedo enseñarle el lugar donde me he despedido de ella.

—Él no supo cómo reaccionar. Su rostro se congestionó, sus ojos se asomaron al vacío, sus brazos se estiraron hacia mí. Si no llego a apartarme con rapidez, me da el puñetazo allí mismo. Me monté en el coche para dirigirme a la montaña y él me siguió en su todoterreno cubierto de barro. Cuando llegué a la mitad del túnel, tuve que apearme rápidamente para abrir la puerta del laboratorio. Él comenzó a dar voces, que se amplificaron en la oquedad subterránea. No era un animal cualquiera: era un dragón. El eco de su voz parecía fuego. Me siguió al interior del laboratorio sin entender qué estábamos haciendo allí. No dejaba de mirar a derecha e izquierda, arriba y abajo.

—Qué significa esto —dijo colocándose ante la puerta de salida para cortarme el paso.

—Chiara venía aquí todos los viernes —respondí.

—Él dio un paso hacia mí.

—Si quiere que continúe hablando —declaré sin moverme—, será mejor que se quede dónde está.

—Hable.

—Al principio se limitaba a limpiar y hacer la comida, pero con el tiempo nos hicimos buenos amigos.

—El dragón dio muestras de estar perdiendo la paciencia.

—Ella me lo contó todo —añadí.

—¿Todo? ¿Qué todo?

—Me lo preguntó recogiendo los dedos en la punta de la mano, al estilo italiano, como si no supiera a qué me refería.

—Me enseñó su cuerpo maltratado y vi sus

cardenales —le dije—. Tenía varias costillas rotas. Le di mi tarjeta de crédito y se marchó. No la encontrará nunca.

—Entonces sí, Luca se abalanzó sobre mí y me golpeó en la nariz.

Se la señaló con sus dos dedos índices.

—Desde entonces la tengo rota —dijo—. La inercia del golpe hizo que aquel bruto cayera al suelo. Era un cuerpo muy masivo. Yo aproveché la ocasión para correr hacia la puerta, salir del laboratorio y cerrar con llave.

Se calló bruscamente y se levantó del asiento, como quien cree haber hablado demasiado.

—No se preocupe —dije mostrando las palmas de mis manos—, todo lo que me ha contado está bajo secreto profesional.

Volvió a sentarse, pero cogió el casco del suelo, por si acaso.

—Había víveres para dos semanas —dijo en voz baja—: racionándolos podían durarle hasta dos meses, tres a lo sumo. No más.

No me atreví a tomar ninguna nota.

—¿Ha vuelto por allí? —pregunté.

Él negó con la cabeza.

—¿Sabe si alguien ha ido?

—No sé nada —respondió.

Y comenzó a acariciar el casco, como si fuera una mascota enroscada en su regazo.

—¿Se siente culpable? —pregunté.

Esta vez negó solo con los ojos, cerrándolos unos segundos.

—No he sabido nada de Chiara durante todo este tiempo, pero he consultado los movimientos de la tarjeta de crédito —dijo—. El último es de ayer mismo.

—¿Qué clase de movimiento es?

—El cargo de una gasolinera.

—¿Sabe de dónde procede?

Asintió.

—Está a pocos kilómetros de aquí —dijo.

—¿En España?

—Chiara me está buscando.

Asentí igualmente y estuve a punto de sonreír.

—¿Y eso es un problema? —dije.

—No puedo obligarla a vivir bajo tierra otra vez —respondió—. Ni debo salir de casa con este casco puesto. Necesito ayuda.

Mi sombra

Mismís corre detrás de todo lo que se mueve deprisa, las sombras incluidas, pese a su tenue presencia. Es su instinto cazador. Las sombras son las presas que debe capturar. Hay aplicaciones para móviles que recrean objetos en movimiento especialmente diseñados para gatos. Tengo varias descargadas. En una de ellas, la silueta de un ratón corre por la superficie de un queso gruyer, haciendo bruscos e inesperados giros. Ignoro si *Mismís* es capaz de reconocer el ratón, o el queso, pero, en todo caso, sigue sus movimientos con los ojos y de vez en cuando trata de capturarlo con sus patas. En otra aplicación, el animal que se mueve, esta vez volando sobre un cielo de nubes, es un pájaro o un insecto.

Pasamos muchos ratos juntos tumbados en el sofá del salón, yo leyendo un libro, él jugando con el móvil. Nos comportamos como un padre y un hijo del siglo XXI, cada uno representando los valores de su generación. Mientras tanto, la luz de la lámpara proyecta nuestras sombras, completamente estáticas, sobre la alfombra.

Aquel paciente estuvo más de quince minutos hablando sin decir nada. Parecía estar describiendo una «crisis de la edad», un término que en la consulta de un psicólogo resulta una muletilla sin ningún interés. No me quedó más remedio que interrumpirlo. Nadie viene a mi consulta para contar vaguedades inconsistentes que no conducen a ninguna parte. Los daños de la conducta o la personalidad son siempre asuntos muy concretos.

—Dígame exactamente qué le sucede —le pedí, poniendo las manos en paralelo, como quien muestra el estrecho sendero del entendimiento.

Él se llevó el puño a la boca, carraspeó y tragó saliva.

—Tengo problemas con mi sombra —dijo.

Hubo un silencio oportunamente sombrío. Creí que iba a continuar hablando, pero no lo hizo. Los pacientes que hablan sin decir nada son así: cuando tienen algo que decir, no saben por dónde empezar.

—¿Qué clase de problemas? —tuve que preguntar.

—No me sigue —respondió él.

Asentí despacio, cuidando mis gestos. Me llevé lentamente un dedo al puente de mis gafas para ajustarlas al entrecejo. Luego tomé el bolígrafo y escribí en mi cuaderno: «¿No era Peter Pan quien tenía problemas con su sombra?». Y me prometí a mí mismo volver a ver la película al llegar a casa.

—Me temo que tendrá que explicármelo mejor —dije cuando levanté la vista del cuaderno.

—¿Puede encender esa lámpara? —me pidió él, señalando a mi espalda.

Me volví y encendí la lámpara que hay sobre mi mesa. Él se puso en pie.

—¿Ve mi sombra? —dijo señalándola—. Ahora está donde debe estar, detrás de mí, porque usted me acompaña: si estoy solo, la sombra no aparece.

—¿Cómo es eso?

—Simplemente no está. La luz incide en mi cuerpo sin formar el dibujo de mi silueta.

Esta vez fui yo quien carraspeó, tratando de no sobreactuar.

—Eso es imposible —dije muy serio.

—Lo sé y ella también lo sabe, por eso, cuando alguien me acompaña se coloca en su sitio.

—¿Y si yo saliera ahora mismo de la habitación?

—Entonces ella desaparecería —respondió, señalando la puerta—. Hágalo, si quiere.

Medité un segundo. ¿De qué serviría hacer un experimento tan estúpido? Si abandonaba la habitación, mi paciente se quedaría solo y su versión de los hechos seguiría siendo completamente subjetiva.

—Haremos ese experimento en su próxima visita

—propuse—. Ahora quiero que me diga cómo empezó todo.

Él volvió a llevarse el puño a la boca. Estaba tratando de ordenar sus recuerdos.

—Es difícil saberlo —dijo—. Siempre me ha gustado mucho mi sombra, desde que era un niño.

Me crucé de brazos en silencio.

—Soy muy observador —continuó él—. De niño, solía fijarme en los detalles que había a mi alrededor. Así fue como descubrí las sombras. Me gustaba dibujarlas. Las sombras son fáciles de dibujar porque son de un solo color, el que deja un lapicero sobre el papel. Si me pedían que dibujara una casa, dibujaba la sombra alargada de una casa. Si me pedían un árbol, lo mismo. Una vez me pidieron que dibujara a mi familia y me metí en un buen lío. El psicólogo del colegio llamó a mis padres muy preocupado.

> —El niño ha dibujado a toda la familia al revés —les dijo.
>
> —¿Y eso es malo? —preguntó mi padre, cuya manera de discernir entre lo bueno y lo malo siempre ha sido muy peculiar.
>
> —Yo diría que es muy malo —respondió el psicólogo—. Un niño sano dibuja a los suyos enfrentados al espectador, normalmente de pie, sonriendo y muchas veces cogidos de la mano. Su hijo los ha dibujado boca abajo y los ha pintado de negro.

—Mis padres asintieron compungidos. Nadie comprendió que había dibujado las sombras de mi familia.

Hizo una pausa y señaló la lámpara.

—¿Le importaría apagarla? —me pidió—. Estaré más tranquilo.

Me volví para hacerlo mientras él se relajaba pronunciando un suspiro.

—Gracias —dijo—. Siempre me he preocupado por mi sombra, desde aquellos años de la infancia. Si alguien la pisaba, yo me apartaba unos pasos para liberarla. Al cruzar la calle tenía cuidado de que los coches no la atropellaran. Si me sentaba en el sofá, cuidaba de que ella se sentara conmigo en lugar de quedar derramada por el suelo. Siempre nos hemos llevado bien, hasta el día del eclipse. No sé si lo recuerda usted. Fue en 1991, un eclipse completo de sol.

Tuve que responder que no. Y tomé la siguiente nota: «Quizá debería trabajar menos y pasar más tiempo con mi sombra, no vaya a abandonarme algún día».

—Por aquel entonces yo estaba en la universidad —prosiguió él—. A la hora del eclipse, unos cuantos compañeros salimos a los jardines del campus y nos tumbamos sobre la hierba. Era algo que hacíamos a menudo, pero aquel día fue distinto, porque sentíamos la emoción y el miedo que nos ocasionaba el eclipse.

—¿Qué clase de miedo?

—La ausencia de luz provoca miedo porque la luz

es un elemento objetivo. Cuanta más luz hay, más objetividad se crea alrededor, por eso la noche es aleatoria, impredecible y completamente subjetiva. El mediodía en cambio es de toda confianza, y la superficie solar es la verdad más incontestable del universo.

Iba a responder un «Ya veo», pero lo sustituí a tiempo por un «Comprendo». Y aproveché para tomar otra nota: «Es un tipo peligroso: tiene ideas propias». Muchos de mis pacientes han sido víctimas de sus ocurrencias. Las ideas propias se convierten con frecuencia en trampas donde sin darse cuenta caen sus ideólogos.

—Algunos de mis compañeros habían traído negativos de fotos para ver el eclipse, otros llevábamos radiografías viejas e incluso hubo uno que se puso unas gafas especiales que habían regalado esa misma mañana con un periódico. Ahora todo el mundo usa esas gafas, pero aquel día yo llevaba la radiografía de la caja torácica de mi padre. A la una menos veinte comenzó el eclipse. Hubo vítores, aplausos y un pálpito de miedo que fue en aumento. Tres cuartos de hora después, se completó. Fue un capricho del sol, que nos mostró sus rayos en forma de corona en una imagen simple y gloriosa a la vez, como si Dios se hubiera convertido en un niño con ganas de dibujar.

Cerró los ojos evocando el momento.

—Fue increíble —añadió—, uno de esos momentos que te cambian la vida. Mis compañeros y yo seguimos tumbados un rato más sobre la hierba, contemplando el final del eclipse a través de las películas y las radiografías, a través de las costillas de mi padre, hasta que todo terminó. Entonces nos pusimos de pie y mi sombra no estaba.

—¿No estaba?

—La busqué por todas partes en vano. Al principio creí que se habría camuflado entre la hierba, confundida con las sombras de los arbustos. Luego llegué a casa y me encerré en mi dormitorio. Encendí la luz de la mesilla y me puse a su lado. Probé a colocarme en todos los ángulos posibles. Elevé la lámpara, la dejé en el suelo, la puse junto a la ventana. No hubo forma. Mi sombra no estaba.

Guardó un silencio autocompasivo.

—Me acosté creyendo que todo se resolvería al día siguiente —añadió—. A veces, los problemas se resuelven por arte de magia al amanecer, ya sabe, pero este no lo hizo. Tan pronto como entró el primer rayo de sol por la ventana, me levanté y comprobé que mi sombra seguía sin aparecer.

«¿Miró en la cama? Tal vez se había quedado acostada cinco minutos más», anoté.

—No se lo dije a nadie —continuó él—. Mis padres se habrían asustado. Mis hermanos se habrían reído de mí y no estaba dispuesto a que nadie se enterase en la facultad, de modo que decidí fingir un dolor de estómago para que mis padres me llevasen al médico. Al día siguiente estaba en la consulta de un especialista que me dio a beber una papilla viscosa para estudiar mi aparato digestivo a través de los rayos X.

—¿Y qué vio?

—Dijo que todo era normal, pero que mi interior se veía más oscuro de lo normal. Llegó a dudar de que su aparato de rayos funcionara correctamente. Solo yo comprendí lo que estaba sucediendo. Mi sombra no había desaparecido: estaba dentro de mí.

La sesión terminó sin más revelaciones. A la semana siguiente escondí una pequeña cámara detrás de los libros que hay sobre mi mesa de trabajo. Mi paciente llegó puntual y con ganas de hablar.

—¿Dónde estábamos? —se preguntó a sí mismo—. Ah, sí, en la consulta del médico especialista. Mis padres se quedaron tranquilos y yo traté de recuperar mi vida, pero todo a mi alrededor había dejado de ser normal. Me dirigí a una biblioteca pública en busca de información sobre mi trastorno. Entonces no había internet para consultarlo todo.

—¿Encontró algo?

—Nada de nada —dijo suspirando—, así que decidí pensar en negativo. Si mi sombra se había metido dentro de mi cuerpo durante un eclipse de sol, podía abandonarlo durante el fenómeno contrario. El problema era averiguar qué fenómeno podía ser lo contrario de un eclipse de sol: ¿la aurora boreal?, ¿un arcoíris?, ¿una superluna?, ¿un amanecer? Quizá simplemente la luz del sol.

—Suena coherente —dije.

—Todos los días exponía mi cuerpo a los rayos del sol. Quería que el poder de la luz venciera en el combate contra las tinieblas, pero lo único que conseguí fue un buen bronceado. Durante unos meses me convertí en un tipo atractivo, si me permite la frivolidad. Posteriormente, llamé a la consulta de un vidente.

«Joder, qué cruz. He anotado ya antes que los videntes no tienen consulta.»

—Lo encontré en un canal de televisión, sobre un rótulo que lo definía como la solución para acabar con las sombras de la vida. Me pareció que era el tipo de profesional que necesitaba y llamé varias veces.

—¿Y qué le dijo?

—Me hablaba mirando la llama de una vela. Decía que las sombras saldrían de mi cuerpo por la boca, impulsadas por la verdad de las palabras.

—¿Y fue así?

Mi paciente negó con la cabeza.

—A veces, después de hablar largo rato, creía verla en el suelo, por fin, pero solo era la sombra de algún objeto cercano. La mía seguía en mi interior.

Me puse en pie.

—Discúlpeme —dije encendiendo la lámpara de mi mesa—. Debo salir a recepción un momento.

Él asintió y se acomodó en la silla. Yo me dirigí al ordenador de la recepción para visionar las imágenes de la cámara que había escondido en la consulta. Quería grabar a mi paciente en compañía de su sombra para demostrar la irrealidad de lo que estaba contándome, pero no pude hacerlo.

—He apagado la luz —dijo cuando volví a la consulta y me senté frente a él—. Espero que no le importe. No me gusta quedarme a solas con la incertidumbre de las sombras. Prefiero la oscuridad.

Hice un gesto de incomprensión.

—¿No decía que la luz era objetiva? —dije.

—Por eso mismo —respondió—. No hay nada más aterrador que la verdad, porque la verdad es incontestable y absoluta, no admite matizaciones ni puede adaptarse a nuestros intereses como las mentiras. Imagino que muchos de sus pacientes estarán de acuerdo conmigo.

Elevé las cejas y esbocé una sonrisa asertiva. No sabía si había apagado la luz para sentirse mejor o para arruinar mi experimento, una vez admitido que me encontraba ante un tipo realmente listo.

—Dígame qué más sucedió —le dije, retomando el hilo del caso.

—La sombra salió de mi interior la primera vez que hice el amor con Adriana.

«Di que sí, un buen polvo acaba con cualquier subjetividad.» Tomé la nota con parsimonia, como si lo que acababa de escuchar fuera algo normal.

—Adriana y yo fuimos compañeros de clase en la facultad, aunque no salimos juntos hasta unos años después. Una tarde nos encontramos en un bar. Charlamos, bebimos y pasamos la noche en mi casa. A la mañana siguiente me levanté para preparar el desayuno y la encontré. Ahí estaba, sobre el suelo de la cocina, mi silueta de color lapicero. Había vuelto. —Estiró los brazos y abrió las manos—. Fue un momento inolvidable. Me sentí eufórico y creo que eso terminó de enamorar a Adriana. Nadie se había mostrado tan entusiasmado después de pasar la noche con ella. Mi actitud fue seductora y halagadora a la vez. Había magia entre nosotros, mucha más de la que ella podía imaginar.

«Lo contrario de un eclipse de sol es el sexo», anoté.

—Convivimos durante varios años, primero como novios y luego como esposos, siempre con mi sombra presente. A veces, cuando estábamos en la cama y teníamos la luz encendida, me parecía estar compartiendo el cuerpo de Adriana con mi sombra, como si fuera una tercera persona. No era algo que me molestara. Prefería sentir celos de mi sombra que volver a perderla, aunque siempre encendía la lámpara de la mesilla de Adriana para que mi sombra se colocara detrás de mí y no sobre el cuerpo desnudo de mi esposa.

Suspiró y carraspeó casi a la vez, aquejado de un tic nervioso.

—Vivimos durante unos años como si formáramos un trío —dijo—. Más tarde llegaron los problemas.

«No me extraña», escribí antes de preguntar:

—¿Qué clase de problemas?

—Adriana empezó a sentirse observada.

—¿Por usted?

—Por mi sombra.

Negué con la cabeza antes de hablar.

—Ya le he dicho que formábamos un trío —repuso él—. Siempre estábamos los tres juntos, especialmente los días de sol, hasta que Adriana se cansó de aquel juego. Ella quería estar a solas conmigo. Decía que mi sombra le daba miedo.

En ese momento hice una de las preguntas más estúpidas de toda mi carrera profesional.

—¿Acaso ella no tenía sombra? —dije muy serio, como si estuviera preguntando por un misterio de la naturaleza.

Él resopló antes de contestar.

—Adriana tenía una sombra anónima, como la de cualquier persona, como la suya, si me permite decirlo.

Me señaló con el dedo y estuvo a punto de ofenderme. «Mi sombra no es anónima. Soy yo en blanco y negro.»

—Al final se cansó de nosotros —añadió.

—¿Adriana o su sombra?

—Adriana. Hizo las maletas y se marchó dejándome completamente solo, porque como puede suponer, tan pronto como eso sucedió, mi sombra regresó de nuevo a mi interior.

Se señaló el vientre.

—¿Qué pasó después? —pregunté.

—Nada.

—¿No tuvo usted ninguna otra relación sentimental?

—He conocido a muchas mujeres, sí, pero ninguna ha logrado que mi sombra saliera al exterior.

—¿Solo le ha sucedido con Adriana?

Él asintió y me obligó a hacer otra pregunta estúpida.

—¿No ha pensado en la posibilidad de volver con ella? —dije.

—Muchas veces —respondió él, agitando las manos—, pero no es posible. Se ha casado de nuevo y tiene dos niños pequeños.

Lo dijo como si la maternidad fuera incompatible con la extracción de las sombras.

—Sin Adriana no tengo ninguna posibilidad de recuperarla. Soy un hombre sin sombra: por eso tomé la decisión de venir a verle.

«Discúlpeme, no siento ningún deseo sexual hacia usted», anoté mientras barajaba la opción de añadir la etiqueta «Cazador de sombras» en mi placa profesional.

Pasé los siguientes días reflexionando sobre la clase de terapia que podría servir de ayuda a mi paciente. Consulté literatura clínica, visité varias webs y estuve a punto de llamar al Delfín o al Monarca para que me dieran su opinión sobre el caso. No comprendía la relación que podía haber entre una experiencia amorosa y un fenómeno singular de la naturaleza, como un eclipse. Una cosa dependía de la voluntad y la otra de fórmulas matemáticas relacionadas con la astrofísica y la geometría. Llegué a preguntarme si los sentimientos podrían formularse en términos matemáticos.

—¿Sigue usted enamorado de Adriana? —le pregunté en la siguiente sesión.

—No lo sé —respondió él—, aunque admito que a veces la echo de menos. Recuerdo el tono de su voz, su aroma envolvente, la curvatura de sus pestañas y me muero por volver a ver los hoyuelos que se forman en sus mejillas cuando sonríe, pero creo que he superado nuestra ruptura.

«Seguro. No hay más que escuchar todos esos detalles», anoté.

—Sin embargo —insistí—, no se ha enamorado de ninguna otra mujer.

Él me miró muy serio.

—No haberme enamorado de otra mujer no prueba que siga enamorado de Adriana —respondió muy cabalmente.

—Por supuesto que no —admití—, pero ninguna otra mujer ha logrado extraer la sombra de su cuerpo.

—¿Cree que la sombra salió de mi interior por una cuestión de amor?

—No lo sé, dígamelo usted.

Dudó un par de segundos antes de responder, como quien no termina de confiar en su interlocutor.

—Fue por el sexo —dijo en un susurro.

Yo no contesté. No había ninguna diferencia entre guardar silencio y repetir: «¿Por el sexo?».

—No he conocido a ninguna mujer como Adriana —confesó él.

—¿A qué se refiere?

—A la entrega con que hacía el amor.

Movió la cabeza, como quien repasa con nostalgia todos y cada uno de sus encuentros sexuales.

—Todo el mundo se entrega a la hora del sexo —dije yo, de un modo tan neutro que me pareció estar escuchando una grabación.

Él tomó aire y lo expulsó muy despacio, como si estuviera fumando.

—No sé qué contestar a eso —dijo mirando al suelo—. Solo he hecho el amor con Adriana.

Yo achiné los ojos sin pestañear.

—¿No me ha dicho antes que había conocido a otras mujeres? —pregunté.

Él asintió. Y no dejó de hacerlo mientras respondía:

—Solo he hecho el amor de verdad con Adriana, porque a las demás mujeres he tenido que pagarles después.

Le sostuve la mirada durante un par de segundos. Luego tomé una nota: «El dinero lo ensombrece todo».

—Creo que solo hay dos opciones para resolver su problema —dije mostrando un par de dedos.

Él los miró expectante mientras yo dejaba uno a la vista.

—O vuelve usted a mantener relaciones sexuales con una mujer por la que tenga sentimientos de amor y entrega —dije antes de mostrar el segundo dedo—, o toma el primer vuelo directo para Chile o Argentina. He leído en una web de astronomía que dentro de unas semanas habrá un eclipse de sol visible desde la Patagonia.

Él se levantó de la silla emitiendo un suspiro de derrota.

—Lo sé —dijo.

Se puso la americana que había colgado en el respaldo de la silla y sacó algo de su bolsillo interior.

—Ya tengo los billetes.

Me los enseñó, volvió a recogerlos, encendió la luz de la lámpara y abandonó la consulta sin hacer ruido. Yo no me levanté. No al menos todavía. Mi sombra se había alargado y parecía estar sentada en la silla de mi paciente, frente a mí. Mirándome.

Mi autora: tercera visita

Leí *El desengaño de los crédulos* con el omnipresente *Mismís* acomodado entre las páginas del libro y yo, como si *él* también estuviera interesado en la trama de la novela. Llegué a leer algunos fragmentos en voz alta, porque a los gatos les encanta escuchar el sonido de la voz humana, con su silabeo característico, alaridos y gritos excluidos. Supongo que mi voz resonaba como un cadencioso ronroneo felino para *Mismís*, por eso dormitaba a mi lado, moviendo de vez en cuando las orejas, especialmente cuando me detenía al final de algún capítulo.

Se trataba de una historia protagonizada por una mujer de la misma edad que mi paciente con la que compartía circunstancias vitales, lo que me condujo a pensar que incluso los autores que rechazan el género escriben siempre bajo la tiranía de la autoficción.

—Escribí esa novela hace años, cuando mi padre gozaba de buena salud —confesó ella en nuestra siguiente sesión—. Mientras lo hacía, me preocupaba mucho la reacción que tendría mi padre cuando leyera la muerte del padre de la protagonista.

—Dígame por qué.

Lo pregunté porque acababa de decir que su padre gozaba de buena salud.

—Mi padre siempre creyó que mis libros eran autobiográficos —contestó ella—. Se estaba haciendo mayor y temí que se sintiera retratado como un anciano moribundo.

—No he llegado aún al final del libro —confesé interrumpiéndola—, y no sé cómo muere el padre de la protagonista.

—Se lo puedo contar, aunque le destripe la historia.

Le hice un gesto de indolencia con la mano.

—Sufre un derrame cerebral, entra en coma y muere a los pocos días. Tuve que documentarme bien para describirlo todo detalladamente. Llegué a ir al hospital y le pedí a una amiga enfermera que me dejara pasar unas horas en una habitación de su planta, haciendo compañía a un enfermo anónimo. Quería que todo fuera lo más real posible.

Hizo una pausa y cambió de tema.

—Como habrá visto —dijo—, la novela está escrita en presente de indicativo y en primera persona del singular, lo que significa que el lector revive la peripecia de los personajes a tiempo real, como si todo lo narrado estuviera sucediendo en ese instante.

«Otro discurso sobre teoría de la literatura, no, gracias.»

—La mayoría de los autores escribe en pasado, en imperfecto —añadió—. Es lo más sencillo. Las cosas han sucedido y el narrador las cuenta *a posteriori*, de ese modo el tiempo es un protagonista más de la historia. Si se escribe en presente, el tiempo no cuenta y la novela es completamente subjetiva, más aún si se usa la primera persona del verbo.

No me atreví a decir nada.

—Aquel día fatídico llamé a mi padre muchas veces —dijo ella suspirando—, pero no me cogió el teléfono. Al principio creí que habría salido a comprar o a tomar un café para distraerse. Más tarde empecé a preocuparme, fui a su casa y lo encontré tumbado en la cama, con signos evidentes de que algo iba mal. A los pocos minutos llegó una ambulancia y lo condujo al hospital. Allí me informaron de que había sufrido un derrame cerebral y estaba en coma.

Suspiró con rabia.

—Era lo mismo de siempre —concluyó—. Lo que había escrito en *El desengaño de los crédulos* estaba sucediendo en la realidad.

Fui a decir algo, pero ella pisó mis palabras.

—Todo —dijo alzando la voz—, todo estaba sucediendo tal cual lo había descrito en la novela. Cuando llegue a esa parte, si es que continúa leyéndola, comprobará cómo el padre de la protagonista parece salir del coma y pasa dos días con los ojos abiertos, bien que con la mirada perdida. Mi padre también estuvo dos días así. Yo permanecí a su lado todo el tiempo, sin saber si me veía o me escuchaba. Y esa incertidumbre me impedía comunicarme con él.

«Voy a tomar una nota para ver si se calla y me deja hablar», anoté con la esperanza de que mis palabras también se hicieran realidad.

—Lo que me ha contado carece de todo indicio de patología —dije—. La muerte de un antecesor es algo natural, así que haberla imaginado no la provocó, tan solo la anticipó. Y anticipar lo natural no es crearlo, sino constatarlo, describirlo antes de que suceda, nada más.

Me detuve un momento para no caer en los juegos de palabras.

—Su ficción está basada en la realidad —proseguí—. Sus personajes son seres humanos que viven en nuestra sociedad, en una ciudad de verdad, con nuestras reglas sociales y normas de conducta, de modo que su ficción no es más que una realidad virtual que a veces puede coincidir con lo que sucede realmente. Supongo que si escribiera literatura fantástica, todo sería distinto, porque en la realidad no hay dragones voladores, elfos ni orcos.

«Bueno, algún orco sí que hay», anoté mientras ella reflexionaba en silencio.

—La vida es un acto de ficción —replicó ella—. Por tanto, la muerte depende enteramente de la imaginación. No es real. Y si se parece a la realidad es una mera coincidencia.

—No la sigo.

—La realidad depende de la mente de una entidad superior, que puede ser un dios todopoderoso o una simple escritora como yo, si es que ambas entidades no son lo mismo. Si de algo estoy segura es de que mi padre no ha muerto. Tampoco ha vivido. Lo mismo que usted. El mundo real no existe. Todo es literatura. Usted se cree una entidad física con dignidad humana, pero es solo un personaje de ficción.

Se calló de repente y se puso en pie.

—Debo irme —dijo.

Tenía prisa. No quería que nadie rebatiera sus argumentos. Había levantado un andamio conceptual donde sostenerse y no estaba dispuesta a poner en peligro su maltrecha estabilidad.

Mi algoritmo

Mismís no admite órdenes de nadie, ni siquiera las mías. No se sienta cuando se lo ordeno. No da la pata. No va a buscar palos ni pelotas. Ni tampoco el periódico. No es sumiso ni conoce más ley que la del territorio, el sexo y la fuerza. Por eso nunca he pensado en castrarlo, porque en sus hormonas sexuales reside buena parte de su personalidad.

La testosterona no es solo una hormona clave para la procreación, como a veces creemos. También regula el bienestar físico y la masa muscular, marca el carácter y predice la conducta. Sin ella no hay deseo, energía, agresividad ni necesidad de marcar el territorio. Si extirpara los testículos de *Mismís,* estaría convirtiendo un animal silvestre en un peluche que maúlla y ronronea, como si fuera un simple juguete para mi entretenimiento.

No hay que confundir los roles: *Mismís* es un compañero de piso, no un peluche, ni mucho menos un juguete, aunque tenga ese pelo suave y amable que continuamente invita a abrazarlo.

Una joven se sentó en mi consulta con aire resuelto, como si no tuviera ningún problema. Cuando le pregunté a qué se dedicaba, me respondió con otra pregunta.

—¿Usted sabe lo que es un algoritmo?

Me concedió unos segundos para responder, pero no dije nada.

—Algoritmo es una palabra mágica que sirve para abrir puertas secretas —me explicó—. «Ábrete, sésamo» es un algoritmo. Le sirvió a Alí Babá para acceder a la cueva del tesoro. ¿Lo recuerda?

Asentí.

—Posteriormente, Alibaba se ha convertido en un gigante de los algoritmos a través de su negocio de ventas *online*. ¿Ve lo que quiero decir? Un algoritmo puede ser descrito en términos lógicos como una sucesión de reglas que dan un resultado concreto. «Tráeme una cerveza» podría ser un algoritmo, si bien muy básico. Uno más elaborado sería: «Si no estás haciendo nada más importante que yo y no tienes ningún impedimento físico, ve a la nevera, busca una lata de cerveza del fondo para asegurarte de que esté fría, visualiza dónde me encuentro, comprueba que no haya ningún obstáculo entre nosotros, acércate y dame la lata. Si te traes también unos cacahuetes o unas aceitunas, lo bordas».

Tomé una nota para detener aquel disparatado discurso: «Aspirante a monologuista cómica visita mi consulta».

—Dígame exactamente con qué tipo de algoritmos trabaja usted —le pregunté.

—Con los algoritmos cuantitativos —respondió ella.

Y sonrió fugazmente, moviendo además la cabeza, como si hubiera estornudado en silencio.

—Trabajo para una cadena de supermercados —añadió al fin—, una de las más importantes de Europa con presencia en más de quince países. Los supermercados y las grandes superficies son la esencia de Occidente, ¿no se ha parado a pensarlo nunca? Concentran en sus locales todo lo que Occidente necesita para existir, desde los alimentos a los productos de limpieza, ropa, electrodomésticos, muebles o libros. Algunas cadenas venden hasta ruedas de automóvil. A veces me imagino un delirante carro de la compra en el que hubiera un tubo de pasta dentífrica, seis yogures desnatados de piña, una mesilla de noche y dos neumáticos de invierno para automóvil.

«Echo de menos unas risas enlatadas», anoté.

—Hace años todo se compraba en las tiendas minoristas —prosiguió ella—, ¿las recuerda? Los sábados por la mañana, mi madre, mi hermana y yo nos dedicábamos a hacer la compra. Primero íbamos a la droguería, luego a la mercería o a la zapatería y por último al mercado del barrio, donde comprábamos, por este orden, en la frutería, la carnicería y la pescadería. La frutería lo primero porque la fruta debe ir en la base del carro de la compra. Ahora no hace falta ni levantarse de la cama para ir de compras. Mucha gente lo hace desde una aplicación informática. Todo en un solo clic, como dicen los de márquetin, sin tener que pasar la mañana dando vueltas por el barrio, además de saludar a los vecinos y charlar con los dependientes de las tiendas. —Alzó un dedo para sostener mi interés—. No solo eso, las relaciones humanas también tienen un fuerte componente *online*. Casi todo lo hacemos desde un dispositivo electrónico. Intercambiamos mensajes con los amigos, leemos la prensa, ordenamos nuestros asuntos bancarios o vemos los siempre interesantes vídeos que los demás cuelgan en sus redes sociales. Eso también ha cambiado. Antes ibas a casa de tus amigos o familiares rezando para que no te enseñaran el vídeo de su boda, el de la comunión del niño o el del último viaje que habían hecho. Ahora nos encanta ver cómo un hombre camina sobre un lago helado hasta que se cae al agua, una señora se lanza por el tobogán para caer sobre el niño que iba delante de ella, un joven practica *parkour* y se queda colgado en la barandilla de la escalera o un deportivo infringe la ley y es detenido al instante por la policía del condado de Colorado.

«En vez de tomar notas, me dan ganas de sacar el

móvil, grabar a mi paciente y compartir luego el vídeo en mis redes sociales.»

—Mi trabajo consiste en calcular algoritmos de consumo —añadió.

—¿Qué es eso?

—Lo que necesita la gran superficie para comunicarse individualmente con sus clientes.

—Póngame un ejemplo.

—Muy sencillo. Usted consume cerveza y el algoritmo conoce su marca habitual. Sabe cuántas latas o botellas compra a la semana, al mes, al año. Sabe en qué fechas ha estado de vacaciones y puede saber incluso adónde ha ido, si sigue usted comprando en nuestros establecimientos durante sus días libres. El algoritmo sabe cuándo da usted una fiesta para amigos o familiares. Mejor dicho, sabe cuándo da una fiesta para amigos y cuándo la da para familiares, porque el consumo de cerveza no es el mismo. Y, de pronto, usted se da un capricho y compra una lata de cerveza distinta, una *lager* alemana, por ejemplo. Unos días después el algoritmo le ofrecerá un descuento sobre esa *lager* y usted comprará unas cuantas latas. Más tarde, el algoritmo le ofrecerá otro descuento sobre su marca habitual, porque el negocio se mueve por volúmenes, aunque para generarlos haya que recurrir a la diversidad de la oferta.

«Nunca lo había pensado, pero en el fondo sabía que todo eso era posible», anoté. «Las cajas registradoras de los supermercados se llaman así por algo.»

—Los algoritmos dan la vuelta al mundo varias veces al día —apuntó ella—. Registran nuestros movimientos, nuestras búsquedas por internet, nuestras llamadas de teléfono y nuestras compras en general, pero yo solo me dedico a los algoritmos de consumo de alimentación y productos de limpieza.

—¿Y eso es un problema?

Ella negó rápidamente.

—Al principio, no. Solo era un trabajo con tareas y un horario, pero con el tiempo empecé a darme cuenta de que todo resultaba demasiado evidente.

—¿Qué quiere decir?

—Si todo puede preverse con un algoritmo, ¿cuál es el sentido de la vida?

Comenzó a hacer aspavientos con las manos, como si estuviera comunicándose en el lenguaje de señas.

—Quizá el sentido de la vida sea preverlo todo —respondí yo, para hacerle saber que en cuestiones filosóficas cualquier axioma es defendible.

Ella descruzó las piernas y se sentó en el fondo del asiento, como hacen algunos pacientes cuando van a cambiar de tema.

—Hace unos años me enamoré de un compañero de trabajo —dijo—. Se llama Raúl y trabaja en el departamento de márquetin, en la misma planta que yo. Nos conocimos en el ascensor.

Hizo una pausa. «No, por favor», anoté yo, «un monólogo sobre ascensores, no.»

—Un ascensor es un universo en miniatura que se opone a la ley de la gravedad y hace que todo se manifieste, quizá porque la densidad del ser humano aumenta cuando falta la gravedad. En un ascensor se nota si vas bien peinado, maquillado o afeitado, si estás enfermo, si tienes sueño, si algo te preocupa, si es tu primer día de trabajo o tu último. Es como una máquina de rayos X. Por las mañanas yo esperaba a Raúl en la puerta del edificio para subir juntos en el ascensor. Es un hombre atractivo a su manera, calvo, de labios gruesos, nariz pequeña y ojos rasgados. Al principio solo hablábamos del tiempo, la rutina diaria o alguna noticia de actualidad. Luego comenzamos a intimar. Los viernes nos contábamos nuestros planes de fin de semana. Y los lunes por la mañana nos interrogábamos.

—¿Qué tal por la playa?

—¿Cómo estaba la nieve?

—¿Acabó muy tarde la fiesta de cumpleaños?

—Terminamos de intimar en una cena de la empresa, después de habernos bebido un par de botellas de cava.

De nuevo cambió de postura.

—Vivimos juntos durante seis meses —dijo—. Luego lo dejamos.

—¿Qué pasó? —pregunté.

Ella resopló.

—Lo pasábamos bien juntos —dijo sin contestarme—. Hacíamos escapadas de fin de semana, paseábamos con nuestro perro, íbamos al cine y a cenar fuera, dormíamos abrazados...

—¿Entonces?

—Perdí el interés.

—Dígame por qué.

Tardó unos segundos en ordenar su discurso.

—Estudié su algoritmo de consumo —dijo en un susurro y sin mirarme, como si estuviera confesándose ante un sacerdote.

—¿Cómo hizo eso?

—Busqué en la base de datos y repasé sus hábitos de consumo. Por supuesto, Raúl es cliente del supermercado de la empresa. Los empleados tenemos un descuento especial.

—¿Y qué descubrió?

—Todo. Lo descubrí todo, y ese es el problema. Supe que a primeros de mes comía más pescado que carne, quizá porque cada mes se hacía el propósito de alimentarse mejor. Le encantaba la carne de cerdo. Debía de tomarla a la plancha o a la parrilla, porque compraba los huevos ya duros, señal de que no le gustaba perder el tiempo en la cocina. En verano bebía vino con gaseosa, en invierno cerveza, siempre de la marca Ambar, que era su preferida. Nunca compraba lácteos. Debía de tener una flora bacteriana estupenda. No se ocupaba de la limpieza de su casa, pero cuando se quedaba sin ayuda doméstica compraba toallitas para limpiar los muebles o los baños. Si me invitaba a cenar, sustituía el vino habitual por un Rioja o un Somontano, el que estuviera de oferta aquella semana. Gastaba menos papel higiénico que la media de nuestros clientes. Eso podía tener varias lecturas: una relacionada con el número de deposiciones, otra con el lugar donde estas se producían y otra con la cantidad de papel que usaba en cada una. Por el poco tiempo que pasaba en el baño, concluí que se trataba de esta última opción, lo cual cuadraba con la fortaleza de su flora bacteriana. Le encantaban las bandas sonoras. Las seguía comprando en formato CD para escucharlas en su viejo coche. Solo leía en verano. Cada mes de julio se compraba tres o cuatro libros de bolsillo, todos *best sellers* de años anteriores, libros de aventuras, novelas históricas y de evasión.

Hablaba tan deprisa que a veces se quedaba sin aire y tenía que inspirar con urgencia. Lo hizo en ese momento y aprovechó para abrir los brazos y encoger los hombros.

—No quedó nada por descubrir —concluyó—. Ya lo ve. Una relación de pareja es como un ovillo de lana. Hay que ir desenrollándolo día a día, con cuidado de no formar nudos. Nuestra relación se convirtió en un hilo completamente extendido, un camino ya trazado por el algoritmo.

Asentí y tomé una nota: «Ha estado a punto de decir puto algoritmo».

—La vida es un viaje hacia lo inesperado, algo así como salir a navegar para descubrir América —añadió—. Vivirla sin sorpresas es lo mismo que leer una novela negra sabiendo de antemano quién es el asesino. No tiene gracia. Puede leerse igualmente, pero le falta la emoción. Mi vida ya no tiene emociones. La existencia es parametrizable, medible, previsible. El lunes por la mañana consulto mi agenda junto con la previsión meteorológica y pierdo el interés por vivir el día a día. Sé lo que voy a hacer en cada momento y estoy deseando que llegue la semana siguiente para ver si encuentro el modo de emocionarme.

Suspiró con fuerza y añadió dos frases inolvidables.

—No quiero seguir navegando, lo que quiero es descubrir América.

Y me obligó a pensar en una respuesta que estuviera a la altura.

—Me temo que para descubrir América hay que seguir navegando —dije.

Y la miré a los ojos, invitándola a asentir.

—Somos tiempo —añadí—. Y el tiempo es parametrizable, incluso previsible. Es una de las leyes que rige la civilización.

Ella volvió a cruzar las piernas.

—Los modelos algorítmicos del progreso tienden a concentrar el tiempo —replicó muy seria—. Y también el espacio. Los medios de transporte han ayudado mucho en esta labor, haciendo el mundo pequeño, especialmente las aerolíneas, los trenes de alta velocidad y los barcos cargados de contenedores. Las comunicaciones igual. Estamos intercomunicados a tiempo real. La comida se prepara en minutos. Todo está listo para meter en el microondas, incluso las palomitas de maíz. Los huevos se venden ya cocidos. El café se prepara en segundos. Un robot aspira el polvo del suelo. Otro corta el césped. La civilización es una exaltación del ocio. Cuanto más ocio tenemos, más civilizados somos. El tiempo que ahorramos haciendo la compra por el móvil, dejando que los robots hagan las tareas domésticas y comprando los huevos ya cocidos, lo empleamos en tareas inútiles, como ir al gimnasio, salir a correr o preparar nuestro próximo viaje de vacaciones.

—¿Está segura de que son tareas inútiles? —pregunté para evitar que la digresión continuara.

—Si tuviéramos que salir a hacer la compra, nos ocupáramos de la limpieza del hogar y cociéramos nuestros huevos, no tendríamos que ir al gimnasio ni salir a correr —afirmó—. Estaríamos en forma como nuestros abuelos, que jamás pisaron un gimnasio porque se pasaban el día trabajando en casa y en el huerto para poder alimentar a la familia.

—¿Y los viajes? —pregunté—. ¿También son inútiles?

Ella negó.

—Solo sirven de algo si tienen un propósito concreto y distinto de hacer fotografías —respondió convencida—. Viajar por turismo es una pérdida de tiempo. Bastaría con conectarse a Google Maps o ver un documental para ahorrarnos la servidumbre del viaje, horas y más horas esperando y haciendo colas. El turismo es lo contrario de la civilización. Va en contra de sus principios fundamentales porque derrocha el tiempo en lugar de ahorrarlo.

«Una ocurrencia más y la echo de la consulta», anoté antes de levantarme para hacer mi alegato final.

—Estoy completamente de acuerdo con usted —dije.

Y di dos pasos para que ella me siguiera con la vista.

—Sin embargo —añadí—, me gustaría recordarle que el mundo es muy grande.

Ella alzó las cejas.

—Gracias por recordármelo —pareció decirme.

—Es tan grande que en él pueden coexistir épocas distintas —precisé—. La realidad se despliega en multitud de patrones de actualidad. No todo el mundo vive en el mismo siglo. Y eso significa que, en cierto modo, es posible viajar en el tiempo.

—No lo creo —replicó ella.

—Muchos viajes en el espacio son en realidad viajes en el tiempo —insistí—. Solo es cuestión de cruzar las fronteras adecuadas. No olvide que hay otros mundos, pero están en este. ¿Conoce la cita del poeta francés?

Ella asintió.

—Todo el mundo conoce esa parte —proseguí—, pero la cita completa es: «Hay otros mundos, pero están en este. Hay otras vidas, pero están en ti».

—¿Qué quiere decir?

—Hay lugares en el planeta donde la gente todavía cuece los huevos, cuida de la familia y del huerto, hace la compra el sábado por la mañana, yendo de la droguería al mercado mientras saluda a los vecinos y charla con los dependientes de las tiendas. Hay lugares en el planeta donde los algoritmos de consumo no funcionan porque no hay grandes superficies ni departamentos de márquetin.

Señalé la puerta.

—Búsquelos —dije—, están ahí para usted, pero no lo haga en Occidente. Y, se lo ruego, no vaya como turista ni tome fotografías.

Mi futuro

Mismís es limpio hasta la pulcritud. Entierra sus excrementos entre las piedras de sepiolita, se cepilla el cuerpo con su lengua, purga su intestino comiendo hierba y nunca toca nada ni se tumba en ningún sitio que no haya olfateado primero y repasado con la vista después. Es un comportamiento contagioso. Yo nunca me había preocupado antes por lo que tocaba o dónde me sentaba. Ahora llevo un pañuelo de tela en el bolsillo que uso a modo de almohadilla antes de sentarme en la silla de un bar o el banco de un parque. Me lavo las manos a menudo. Olfateo los alimentos antes de cocinarlos.

Es natural que *Mismís* esté influyendo en mi conducta. Quien convive en pareja acaba sincronizando sus hábitos con el otro individuo, ya sea una persona o un animal. La observación del otro nos conduce a la imitación, fruto de esa condición de primates que mencionó mi paciente, la bióloga marina. La convivencia no consiste en ser complementarios, como a veces creemos, sino suplementarios. Una pareja de individuos no es una media aritmética —una suma y una división—, sino más bien una multiplicación de sus sumas.

—Hoy es el último día que vengo a su consulta —declaró aquel iluso, tomando asiento en la butaca.

Me pareció una presunción de soberbia, pero me abstuve de decirlo. Simplemente lo miré con cejas inquisitivas.

—Lo digo porque considero que estoy curado —añadió—. Hacía mucho tiempo que no me sentía tan bien.

Sonrió fugazmente y guardó un silencio de cortesía.

—Dígame por qué se siente tan bien —pregunté mientras repasaba su expediente.

Hacía más de dos años que venía semanalmente a mi consulta para superar un trastorno obsesivo-compulsivo que, entre otras cosas, le obligaba a lavarse las manos con una frecuencia enfermiza.

—Si usted recuerda —respondió él—, vine a su consulta paralizado por las relaciones personales de mi vida pública.

—Lo recuerdo.

—Tenía que darle la mano a todo el mundo, recibir abrazos y besar a mujeres que no conocía en absoluto, especialmente cuando estábamos en campaña electoral. Era algo insoportable, tan estresante que valoré la posibilidad de renunciar a mi carrera política y volver a ejercer como abogado. Si no lo hice fue gracias a usted y a las técnicas que me enseñó para sobrellevar el día a día. Nunca tuve una vida normal, lo que se dice normal, pero al menos pude levantarme de la cama y enfrentarme al mundo. Lo digo porque, como ya hemos hablado alguna vez, la cama me parecía el único lugar del planeta completamente seguro y fiable. Ya ve lo que puede ser una cama, dos metros cuadrados de espacio elevado unos pocos centímetros del suelo, una burbuja aséptica, la misma caverna de donde procedemos todos.

Guardó un silencio abrupto, como si su voz se hubiera despeñado por un precipicio. Y cerró los ojos al vértigo de la caída, quién sabe si recordando que su matrimonio había terminado en esa cama, precisamente, cuando él comenzó a tener dificultades para mantener relaciones sexuales con su mujer. Lo tenía todo anotado en mi cuaderno. Su miedo paralizante a los microbios fue mermando su libido hasta que perdió el interés por el sexo y provocó la suspicacia de su pareja, que creyó encontrarse ante un hombre desenamorado y ausente, quizá comprometido con otra mujer y por tanto infiel. La cama, esa caverna de dos metros cuadrados que sostiene a tantas y tantas parejas, acabó en este caso con una relación de más de diez años de convivencia. Su esposa no comprendió lo que estaba sucediendo, en parte porque mi paciente se negó a confesar su aversión a los microbios. Le parecía ridículo y prefería sembrar la duda de una infidelidad antes que enfrentarse a la certeza de la vergüenza, según me dijo textualmente, como si estuviera dando un mitin político.

Confieso que pensé en citar a su esposa en mi consulta para explicárselo yo mismo, pero descarté la idea porque ignoraba si ella entendería que su esposo odiaba a sus microbios. Al fin y al cabo, los microbios que pueblan nuestro organismo forman parte de nosotros mismos, algo incompatible con cualquier clase de egolatría. No es fácil asumir que somos una especie de granjas microbiológicas donde habitan cuarenta billones de bacterias, algunas en el interior de nuestro organismo, como las que pueblan nuestros intestinos, otras en el exterior, en las manos, en la cara, en las axilas, en cualquier pliegue de la piel.

—Usted sabe lo mal que lo he pasado —prosiguió él, pronunciando un sonoro suspiro—. Y la cantidad de veces que he debido cancelar un viaje de trabajo a última hora porque me negaba a aventurarme en una jungla impenetrable de suciedad y microbios. También sabe cómo llegué a tener la piel de las manos, ajada y reseca de tanto lavármelas. En ocasiones me vendaba un dedo o dos, simulando haber sufrido un corte o una luxación, solo para no tener que dar la mano a nadie, para no tener que abrir las puertas ni siquiera de los coches, para no tener que tocar nada. —Hizo una pausa—. Ahora todo ha cambiado.

Y me miró para comprobar que seguía escuchándolo.

—Ya no tengo que dar la mano tantas veces —dijo—. Hago muchos menos mítines y viajo poco, porque la mayoría de mis reuniones de trabajo son videoconferencias que a veces mantengo desde la cama, vestido con una camisa, una corbata y el pantalón del pijama. En todo caso, siempre llevo un bote de gel hidroalcohólico en el bolsillo y nadie se extraña si me lavo las manos antes o después de asistir a cualquier acto o comparecencia pública. La pandemia lo cambió todo, ¿recuerda? Y ese es el motivo por el que no voy a volver a su consulta.

Asentí y tomé una nota rápida: «La célebre pandemia provocó un trastorno obsesivo-compulsivo planetario capaz de cobijar los trastornos obsesivo-compulsivos de cada uno de los terrícolas que previamente los padecían».

—No estoy de acuerdo con usted —dije, devolviéndole la mirada.

Él mostró las palmas de las manos para que me explicase.

—Estaría usted curado si no necesitase llevar un bote de gel hidroalcohólico en el bolsillo, ¿no le parece? Lo que ha hecho es poner un simple parche a su trauma. Nada más.

Mi gesto era desafiante y él sonrió con una suficiencia nada impostada.

—No se alegra de que se curen sus pacientes —dijo, girando un poco la cabeza para mirarme de reojo—. Es eso, ¿no?

—¿Cómo dice?

—Si se cura un paciente, pierde usted los ingresos que le proporcionan sus visitas y sus terapias.

Le hice una señal con una mano para que redujera la velocidad.

—Le recuerdo que no soy un enemigo político ni un miembro de la oposición —afirmé—. Esto nos es el Congreso ni el Senado. Es la consulta de un profesional sanitario dedicado a solucionar los problemas de sus pacientes desde el respeto, la honestidad y el ejercicio clínico de la psicología.

Él frunció las cejas, una más que otra, en una mueca de sorpresa. De acuerdo, debió de pensar, yo no era un miembro de la oposición, pero hablaba como si lo fuera.

—No he puesto ningún parche a mi trauma —dijo—. El mundo ha cambiado. Es un hecho. Viajamos menos. Nos reunimos por videoconferencias. Teletrabajamos siempre que podemos.

—¿Usted cree?

—No solo lo creo, sino que voy a incluirlo entre las propuestas de mi próxima campaña electoral.

«Mi paciente va a incluir su trauma psicológico en

las propuestas de su próxima campaña electoral», anoté en mi cuaderno.

—Me refiero a la reducción de los viajes y las reuniones presenciales —me aclaró él—, por supuesto sin mencionar mi problema. Lo haré en nombre del medio ambiente, que es como se hace todo hoy en día.

—¿Y qué dirá exactamente? —pregunté con más curiosidad que interés clínico.

—¿Usted sabe lo que contamina el vuelo de un solo avión? —Sacó su teléfono móvil y leyó—. Cada pasajero es responsable de la emisión de doscientos ochenta y cinco gramos de dióxido de carbono por kilómetro recorrido. En un viaje a los Estados Unidos, por ejemplo, cada persona provoca la emisión de una tonelada de dióxido. ¿Me ha escuchado usted? Una tonelada. Cada viaje que cancelamos supone un beneficio indescriptible para la salud del medio ambiente.

Se peinó el flequillo con una mano y yo aproveché para tomar una nota: «A este señor no le va a votar nadie del sector turístico, ni el personal de las aerolíneas, ni el de los hoteles, ni por supuesto los fabricantes de maletas».

—¿Cómo atendió usted a sus pacientes durante la pandemia? —dijo señalándome con un dedo que apuntaba entre mis ojos—. ¿Los atendió presencialmente, por teléfono, por videoconferencia?

—Hubo un poco de todo, sí —respondí algo aturdido, sin atreverme a confesar que sigo atendiendo a muchos pacientes por videoconferencia.

—¿Y cómo definiría el resultado? —prosiguió él—. ¿Sus pacientes han mejorado o han ido empeorando? ¿Han notado de alguna manera la diferencia?

Carraspeé y aproveché el momento para peinarme el flequillo yo también.

—Es distinto —dije.

—Es distinto, pero es posible —remató él, confirmando su facilidad para acuñar eslóganes y frases efectistas—. Todo es posible a través de internet.

Decidí tomar una nota rápida: «Con esa oratoria y ese poder de convicción, ¿quién necesita un psicólogo?».

—¿Cree usted en internet? —se impacientó él.

Yo elevé la mirada muy despacio, como si estuviera haciéndole un chequeo visual. Miré sus pantalones recién planchados, su camisa de marca, su reloj de pulsera, el nudo Windsor de su corbata verde, la simetría de su perilla, sus labios reflejados, su nariz ligeramente respingona y, finalmente, sus ojos castaños.

—No es cuestión de creer o no —respondí—. Internet no es una doctrina ni una religión.

—Por supuesto que no —admitió él—, pero hay que creer en las cosas para que evolucionen y prosperen. La historia de la humanidad es un ejercicio de fe en ciertas creencias. Los avances científicos y tecnológicos suceden porque hay gente que cree en su capacidad para cambiar lo establecido y contribuir al desarrollo y el bienestar de todos. Por eso hace falta gente con fe y creencias, líderes políticos, religiosos y filosóficos que conduzcan a la humanidad hacia el futuro.

Me dieron ganas de levantarme y aplaudir. En vez de eso, mostré una mueca de ignorancia.

—¿De qué futuro me está hablando? —dije.

Él se soltó un poco el nudo de la corbata y se recostó en la butaca.

—Es un futuro de relaciones cibernéticas, si quiere llamarlo así, pero no me refiero a la relación de los humanos con las computadoras y otras máquinas, sino a que las relaciones entre humanos van a depender de internet. ¿No lo cree posible?

De nuevo mi gesto de ignorancia, esta vez ejecutado con mayor donosura.

—En cierto modo ya lo hacemos —prosiguió él—. Además de las videoconferencias y las videoconsultas psicológicas, hay clases telemáticas, tutoriales, charlas y webinarios. Todo el mundo compra por la red. No solo libros o tecnología, también cosas más concretas. Conozco a un tipo que compra las alubias y los garbanzos en la web de la cooperativa de su pueblo.

Me miró haciendo un desplante, retándome a que superase un argumento como ese. Por toda respuesta, tomé una nota: «Solo espero, por el bien de la humanidad, que ese sujeto no resida en ese mismo pueblo».

—Lo consultamos todo en la red —continuó él—:

cualquier duda cultural, desde una tontería a un dato importante. ¿En qué año nació Nicole Kidman? ¿Qué relación existe entre la caída de Constantinopla y el esplendor intelectual del Renacimiento? ¿Qué es un fotón y qué papel juega en la fase oscura de la fotosíntesis? ¿Con qué canción ganó Julio Iglesias el Festival de Benidorm? Contratamos los hoteles, los vuelos, los coches de alquiler. Hacemos fotos para que todo el mundo sepa dónde estamos en tiempo real. Buscamos pareja en las webs de contactos. ¿Dónde si no? ¿Quién está dispuesto hoy en día a salir de copas en busca de la mujer o del hombre de sus sueños? Sería absurdo considerando que estas webs son capaces de seleccionar a los mejores candidatos y ahorrarte horas, qué digo horas, días, semanas, meses deambulando sin rumbo por los bares de copas.

Asentí abrumado por la fluidez de aquel razonamiento sin final, aliviado al comprender que las webs de contactos evitan muchos casos que acabarían en el alcoholismo.

—¿Y qué me dice de los mapas interactivos? —añadió él—. Podemos caminar por todas las ciudades de Occidente y hacer turismo sin salir de casa. La mayor parte de los museos están mapeados. Se pueden admirar sus obras y acceder a todo el material multimedia que pueda imaginarse. El otro día subí al Aneto, que es el pico más alto de los Pirineos. El camino ha sido fotografiado paso a paso. Solo falta algún sonido de la naturaleza y la sensación climática. Ahí, lo reconozco, la tecnología tiene mucho margen de mejora. La inteligencia artificial nos deparará muchas sorpresas. No está lejos el día en que podamos reproducir las sensaciones de estar realmente en un lugar: la temperatura, el olor, el sonido y, por supuesto, una visión 3D de trescientos sesenta grados con *zoom* de detalle y en movimiento, incluyendo gente que camina por la calle, taxis y autobuses en la calzada, pájaros en el cielo, viento, lluvia, sol, todo en tiempo real. Se podrá entrar en las tiendas y hacer la compra. Se podrá entrar en un cine o un teatro y ver la película o la obra que esté en cartel, previo pago de la entrada correspondiente.

Me vi obligado a tomar una nota para interrumpirlo: «Este tipo se ha escapado de *Blade Runner* y está a punto de hacerme el famoso test para averiguar si soy un humano o un replicante».

—¿Qué me dice del sexo? —repliqué sin mirarlo.

—¿Qué pasa con el sexo?

—Usted plantea unas relaciones personales a distancia, tanto en lo laboral como en lo personal, pero el sexo exige cruzar las barreras físicas personales.

Él negó convencido.

—El sexo es un foco de infecciones —dijo con toda naturalidad—. La tecnología suplirá esas barreras físicas.

—¿Cómo? —dije abriendo los ojos.

—Con terminales periféricos —respondió él—, por supuesto.

—¿Qué clase de periféricos?

—Pues imagínese usted, los periféricos necesarios para conectarse a la red con nuestros órganos sexuales y zonas erógenas.

—¿Quiere usted decir...?

—Quiero decir, por ejemplo, un preservativo inteligente que proporcione calor y fricción en el momento adecuado, un vibrador que haga lo mismo en la vagina, el ano o donde quiera colocarse, electrodos conectados a los pezones, las muñecas y, por supuesto, un casco para activar los centros del placer del cerebro.

—Comprendo.

«Este señor quiere hacer el amor disfrazado de Robot Transformer», anoté.

—Todo es cuestión de encontrar el punto exacto donde hacer la conexión —precisó él.

—¿Y la procreación? —pregunté.

Él miró a izquierda y derecha, como quien cree haber escuchado una pregunta dirigida a otra persona.

—Está usted yendo un poco más lejos de donde quería llevarlo —dijo en voz baja, sonriendo—, pero no importa. El sexo con intención de procrear tendrá lugar de la misma manera que el recreativo, pero con la finalidad de recoger una muestra de esperma y un óvulo para la inseminación, concepción y posterior crianza del feto, por descontado en un útero electrónico donde nunca habrá problemas con el cordón umbilical o el líquido amniótico, porque todo será controlado por ordenador. Tampoco habrá partos. Los partos son otro foco de infección. Los niños se formarán en los úteros electrónicos y de allí saldrán en el momento oportuno, una vez que el ordenador haya chequeado el desarrollo de sus órganos y decida que están listos para nacer, por supuesto cuando tengan quince o veinte meses de edad y no sean los individuos precoces y dependientes que nacen ahora mismo.

—¿Dónde nacerán?

—¿Qué quiere decir?

—Un niño nace en el seno de una familia, con figura materna, paterna e incluso fraterna («la abuela es opcional»). En el futuro que usted propone, el niño nacerá con quince o veinte meses y supongo que vivirá en una cuna, conectado al resto de los seres humanos por medio de internet, ¿no?

Él torció la cabeza.

—Al principio, sí —admitió—. Luego pasará a una litera infantil y finalmente a una cama de adulto donde vivirá el resto de su existencia.

—¿No tendrá amigos de su edad?

—Claro que sí.

—Pero no podrá salir con ellos a jugar en la calle.

Me imaginé a una pandilla de niños en una calle, cada uno tumbado en su cama, pasándose un balón.

—¿Jugar en la calle? —repitió mi paciente con una extrañeza extraterrestre—. ¿De verdad cree que los niños de hoy en día juegan en la calle? Mis dos hijos apenas salen de casa. A veces quedan con sus amigos, no lo niego, pero solo es para jugar con ellos a través del móvil o de las consolas de videojuegos. Y eso es algo que pueden hacer a distancia. Los niños ya no juegan al balón, a la comba, la rayuela y esas cosas. Nos encontramos en la tercera década del siglo veintiuno y los niños juegan mediante plataformas gráficas, conectados a través de redes wifi.

—¿Y el colegio?

—Irán al colegio conectándose a una clase virtual donde habrá todo tipo de información, mostrada además de la forma más dinámica posible mediante presentaciones animadas y vídeos.

—Entiendo —dije, sin disimular mi malestar—, y después buscarán pareja en las webs de contactos, ¿no? Se casarán de forma virtual y tendrán hijos a los que no conocerán salvo cuando los vean en la pantalla de sus ordenadores o en algún microchip que se les haya implantado en el cerebro a modo de periférico, como usted dice.

Él consultó su reloj de pulsera y asintió.

—Veo que lo ha entendido —dijo.

Yo negué una sola vez.

—Lo que he entendido es que, según usted, la humanidad evolucionará hacia un modo de vida completamente estático, como si los individuos fueran nodos interconectados en una red global en la que no será necesario levantarse de la cama, de modo que, con el tiempo, no serán necesarios ni brazos ni piernas, ni tampoco un sistema respiratorio o digestivo basado en el consumo aeróbico de carbohidratos, ya que nuestras necesidades energéticas se reducirían al mínimo. En resumen, el ser humano se vería reducido a su masa cerebral y a sus órganos sexuales.

Él cabeceó con los ojos cerrados.

—¿No le parece fascinante? —exclamó.

—¿Y a usted? ¿Le parece fascinante desarrollar toda una teoría de la evolución humana solo para evitar exponerse al miedo que le ocasionan los microbios en general y los de su esposa en particular?

Él parpadeó confundido, como si se enfrentara a una fuerte corriente de aire.

—No entiendo qué quiere decir —dijo muy serio.

—Usted está enfermo y ha creado un metaverso para ocultar sus trastornos personales. Los avances tecnológicos le han hecho olvidar que la evolución del ser humano es obra de la naturaleza, que adapta sus elementos y sus hábitats a lo largo del tiempo hasta alcanzar niveles de entropía sostenibles. No se trata de un ejercicio de voluntad ni de política, y mucho menos de tecnología.

Él bajó la mirada al suelo.

—¿De verdad cree usted que todo lo hago para evitar el contacto sexual con mi esposa? —preguntó con un hilo de voz.

Yo dejé mi cuaderno a un lado.

—Así lo creo —respondí.

Resultaba evidente que, en el fondo, él también lo creía.

—En ese caso, estoy equivocado —admitió—. Y supongo que hoy no es el último día que vengo a su consulta.

Negué convencido.

—No está equivocado del todo —dije—. A partir de ahora, nuestras sesiones serán por videoconferencia. Le enviaré el enlace de la próxima cita a su correo electrónico. Como medio de pago, puede hacerme una transferencia bancaria, usar criptomonedas o pagos por plataformas digitales y aplicaciones móviles. Me da igual.

Mi hogar

Mismís es un animal territorial que vive en un espacio delimitado por sus marcas olfativas. Si alguna vez abandona ese espacio, se encuentra incómodo, lo mira todo con recelo y camina agachado, como si reptase, para no llamar la atención de sus predadores. Una vez lo dejé en casa de un vecino mientras yo estaba fuera de la ciudad y el pobre animal no salió de debajo de una cama. Al año siguiente, preferí dejarlo en casa y fue mi vecino quien pasó a darle de comer. Posteriormente el que se fue de vacaciones fue mi vecino, mientras yo me quedé con *Mismís.*

Todos los seres vivos delimitan en mayor o menor medida su zona de confort. Los humanos también. Conozco gente que odia viajar. La emoción y la distracción del viaje no justifican la pérdida temporal del confort doméstico. Hay gente que va más allá todavía y apenas sale de casa. Les aterroriza la calle y, si alguna vez tienen que salir, lo hacen con suma cautela, mirándolo todo con recelo y caminando agachados, como si reptasen, para no llamar la atención de sus predadores.

Tuve un paciente inseguro y escurridizo, de los que nunca miran de frente y se sientan en el borde de la silla.

—Vivo en unos grandes almacenes —me confesó en su primera visita.

Lo anoté en mi cuaderno creyendo que me encontraba ante un comprador compulsivo o un cleptómano.

—Lo digo literalmente —añadió él, elevando un dedo, como si quisiera subrayar sus palabras.

Cerré mi cuaderno y lo miré.

—Vive en unos grandes almacenes —repetí—. ¿Desde hace mucho?

Él se miró las cejas.

—No sabría decirle.

—¿Dónde vivía antes?

—En casa —dijo, quitándose la chaqueta—, con mi novia.

La mención de su novia le había dado calor.

—El día que ella me abandonó, lo pasé trabajando —añadió—. No me atreví a volver al hogar sabiendo que ella no estaría esperándome allí, así que alargué mi jornada laboral hasta la madrugada. Luego me entró sueño y decidí bajar a la planta donde se encuentran expuestos los somieres y los colchones.

Hice un gesto de incomprensión.

—Trabajo en el departamento de márquetin de Top-Mall —me aclaró—, la conocida gran superficie de origen alemán. En la sucursal del centro, las oficinas están arriba y la parte comercial abajo. Si lo ha visitado alguna vez, sabrá que vendemos prácticamente de todo. Una de nuestras campañas publicitarias decía: «Lo que no está en Top-Mall no existe».

—Continúe.

—Dormí en la planta de los colchones unas pocas horas. No quería que el servicio de limpieza me sorprendiera allí. Cuando desperté, me dirigí a la sección de perfumería en busca de un bote de champú, una cuchilla de afeitar y un frasco de colonia. Fui a los servicios para lavarme el pelo y afeitarme. Pasé por la sección de ropa de caballero, me cambié de corbata y volví a mi puesto de trabajo. A las ocho de la mañana llegaron mis compañeros. Nadie advirtió que había pasado la noche allí.

Guardó silencio para que pudiera tomar notas, pero no lo hice. ¿Qué iba a poner: «Vive en una oficina y se ahorra el desplazamiento de casa al trabajo»? Tengo muchos pacientes que utilizan su profesión para cobijarse de las inclemencias de su vida sentimental.

—Completé mi jornada laboral hasta la hora de comer —prosiguió él—. Entonces bajé al restaurante y tomé el menú del día con un café bien cargado. Luego seguí trabajando hasta las seis de la tarde, que es la hora de salida. Me despedí de mis compañeros de oficina sin ninguna intención de abandonar el edificio. Fui a la sección de viajes y pedí información sobre cruceros. Solo estaba ganando tiempo para volver a la oficina cuando estuviera vacía. Antes de hacerlo, pasé por el supermercado y compré una ensalada, una lata de cerveza Ambar, la única que consumo, y un yogur. Esa sería mi cena. Por la noche volví a la sección de somieres y colchones. Dormí hasta las seis y cuarto de la mañana en el mismo colchón que la noche anterior. Luego subí a la sección de caballeros para cambiarme de camisa. Y también de ropa interior. Tiré la ropa usada a la basura y volví a mi puesto de trabajo. Nuevamente, nadie se dio cuenta de nada. Mis compañeros creyeron que madrugaba para llegar al trabajo sin problemas de tráfico.

Decidí interrumpir el relato de aquella peculiar rutina para ir al origen del problema.

—Hábleme de su relación de pareja —dije.

Mi paciente se llevó una mano a la frente, como si le hubiera demandado un esfuerzo sobrehumano.

—No sé qué decirle —dijo.

—¿Cuánto tiempo estuvieron juntos?

—Unos seis meses.

—¿Dónde la conoció?

—Era una compañera de Top-Mall. Trabajábamos

en la misma planta, aunque en distintos departamentos. Ella era una experta de las estadísticas y se dedicaba a estudiar los patrones de consumo de la clientela.

Miré de reojo el nombre de mi paciente. Lo había anotado en mi cuaderno. Se llamaba Raúl Cobos.

—Entiendo —dije.

Pero no especifiqué lo que entendía. ¿Qué hacía el exnovio de una de mis pacientes en mi consulta? ¿Le habría dado ella misma mi nombre y dirección o se trataba de una simple casualidad? Y si así era, ¿debía decirle a Raúl Cobos que su exnovia había estado sentada en esa misma butaca unas semanas antes?

Decidí tomar una nota para disimular mi turbación: «Las casualidades no existen, excepto si vives en un universo regido por las leyes de Murphy como el nuestro».

—Nos conocimos en el ascensor —prosiguió él—. Casi todos los días subíamos juntos a nuestra planta. Un ascensor es un lugar curioso, ¿no le parece? Invita a la conversación para evadir el fantasma del silencio porque, si en un ascensor nadie habla, la realidad se convierte en una distopía. En lugar de seres humanos, nos convertimos en robots programados para ir a trabajar. A mí siempre me ha molestado el silencio, así que comencé a hablar con Alicia del trabajo o de sus planes para el fin de semana. Alguna tarde coincidíamos también a la salida y nos tomábamos una cerveza juntos.

Enarcó las cejas.

—Terminamos de intimar en una celebración de la empresa, después de haber bebido bastante. No hay nada como el alcohol para acelerar las relaciones de pareja, tanto para empezarlas como para terminarlas. El alcohol nos desnuda por dentro. Es una bebida en cierto modo pornográfica. El suero de la verdad corporal.

No supe si tomar notas o repasar las que había tomado cuando recibí a su exnovia y encontrar coincidencias entre ambos casos.

—Por las mañanas, antes de desayunar, subo a la planta de deportes y hago media hora de cinta o de bicicleta estática —continuó diciendo—. Luego me aseo y me paso por la sección de caballero para vestirme. Cada día elijo un modelo distinto. A mediodía almuerzo en la cafetería. Por la tarde voy a la peluquería o a la sección de seguros. He contratado un seguro de vida, otro de decesos y un plan de pensiones. Luego me siento a leer en la sección de librería. Después me doy una vuelta por electrodomésticos para ver el telediario. Ceno en la cafetería y, cuando sospecho que ya no queda nadie en mi departamento, vuelvo a la oficina hasta que me entra sueño y bajo a dormir.

Abrió los brazos para subrayar lo que iba a decir.

—Como ve, Top-Mall es un universo dentro del universo que habitamos.

Asentí dos veces. Solo faltaba que me recordara que hay otros mundos, pero están en este.

—¿Qué sucedió después de la celebración de empresa? —le pregunté, volviendo al problema.

—Pasamos la noche juntos. Estábamos felices, borrachos, cansados y a la vez motivados para la lujuria. No sé si me entiende. Hicimos el amor tres o cuatro veces. Por la mañana, decidimos vivir juntos. Ella quería emanciparse y yo necesitaba compartir los gastos del alquiler, así que Alicia se mudó a mi piso esa misma semana. Compramos un somier y un colchón nuevo en Top-Mall. Cambiamos el salón. Arreglamos la terraza y adquirimos un perro.

—¿También en Top-Mall?

—Todos los animales que se venden en nuestro supermercado están cortados en filetes, congelados o envasados al vacío. El perro se llama *Rocco* y es un bulldog francés que procede de un criador.

Suspiró y negó.

—Formábamos una familia —añadió—. Dormíamos los tres juntos, *Rocco* a los pies de la cama, en el espacio que dejaban nuestras piernas. Salíamos de paseo todas las tardes. Los fines de semana íbamos al campo para que el animal pudiera correr al aire libre. Fueron unos meses de armonía conyugal que echo mucho de menos.

—¿Qué pasó? —pregunté.

Él me miró torciendo la cabeza, primero a un lado y luego al otro, como habría hecho el mismo *Rocco*.

—¿Por qué terminó su relación? —insistí.

—No lo sé —respondió—. Todo parecía ir bien hasta que Alicia comenzó a alejarse de mí.

—¿En qué sentido?

—Me evitaba. En vez de estar conmigo, daba largos paseos con *Rocco* y volvía muy tarde a casa. Al principio, creí que era una cuestión de trabajo, algo relacionado con el estrés. Luego me di cuenta de que el problema era yo.

De nuevo el silencio.

—¿A qué se refiere?

—No lo sé.

«Este sujeto no sabe nada.»

—Al parecer —dijo señalándose el pecho—, había algo en mí que le molestaba.

—¿Cómo lo sabe?

—Alguna vez la pillé mirándome de reojo con un gesto de disgusto.

—¿No le preguntó por qué lo miraba así?

—Nunca.

—¿Por qué?

—Tampoco lo sé. La mirada de Alicia se había hecho más penetrante que nunca. Me miraba como si sus ojos pudieran taladrarme el cerebro para dejar al descubierto todos mis deseos. Poco después dejó de hablarme. No literalmente. No me refiero a que me retirase la palabra, sino a que parecía conocer todas las respuestas que yo iba a darle. No puedo explicarlo mejor porque no entiendo nada. ¿Y usted?

Lanzó la pregunta a traición, sin mirarme, como si lo hubiera hecho con intenciones retóricas.

—¿Lo entiende usted?

Esta segunda vez levantó la mirada del suelo para obligarme a responder. Carraspeé un par de veces y tomé una nota en mi cuaderno: «Joder, el tipo lo sabe. ¿Lo sabe? ¿Sabe que su exnovia es paciente mía o solo lo pregunta para liberarse de su inquietud, como si pronunciase un juramento?». No podía preguntárselo ni confesarle que Alicia había perdido el interés por él tras analizar sus pautas de consumo por medio de algoritmos matemáticos.

Él se dio cuenta de que me había puesto en apuros y sonrió.

—No se lo estoy preguntando como persona —dijo—, sino profesionalmente. ¿Entiende usted a las mujeres? ¿Ha llegado a desentrañar los misterios de su mente femenina? ¿Hay algún manual, tratado o estudio que pueda ayudarme a entender por qué Alicia me abandonó?

Esta vez el que no sabía nada era yo.

—En los departamentos de márquetin trabajamos con técnicas psicológicas —agregó—. Estudiamos al ser humano como un consumidor final: el *Homo consumitor,* podríamos llamarlo. Nos interesamos por su conducta, sus deseos, sus necesidades y su satisfacción. Yo mismo he escrito varios artículos sobre el tema para revistas especializadas. Uno de ellos se hizo viral en las redes sociales. No sé si lo conoce. Se titula: «El supermercado anterior al Neolítico».

—Lo siento —tuve que admitir—. No suelo leer artículos sobre supermercados.

Él encogió los hombros, uno más que otro.

—Venía a decir que los supermercados nos han convertido de nuevo en cazadores y recolectores, como antes de la revolución del Neolítico, cuando los humanos decidieron asentarse para cultivar los campos y cuidar del ganado. No sé si lo ha pensado alguna vez, pero Occidente ha iniciado ya la vuelta hacia la cultura preneolítica. Los humanos volvemos a ser nómadas recorriendo el mundo por motivos de trabajo o por turismo, sin preocuparnos por las cosechas o por el ganado, dado que recolectamos los alimentos en los supermercados. Lejos de estar avanzando en nuestro modo de vida, estamos retrocediendo hacia nuestros orígenes. No tardaremos en comprender la importancia del fuego.

Lo miré sin pestañear.

—Le cuento todo esto porque Alicia se marchó de Occidente —dijo él.

Y me sostuvo la mirada durante unos segundos.

—Alguien le dio la idea —añadió.

> —Si no quieres seguir siendo una cazadora-recolectora preneolítica —le dijeron—, debes viajar a Oriente. Allí todavía se cultivan los campos y se cuida el ganado. Aunque

parezca lo contrario, Oriente es el futuro y Occidente el pasado.

—No sé si me explico —concluyó—. Alicia quería vivir en el futuro y por eso se marchó, después de dejar a *Rocco* en una guardería.

Negué sin mover la cabeza, solo con la intención. No podía ser una casualidad que me estuviera contando todo eso precisamente a mí, que fui el instigador de ese viaje en el tiempo.

«¿Habría leyes de Murphy en el Neolítico?», me pregunté. Y decidí cambiar de tema.

—Supongo que algún amigo o familiar habrá ido a su casa y habrá descubierto que ya no vive en su piso.

Él negó.

—Mis padres apenas vienen a la ciudad y con mis hermanos tengo una relación exclusivamente electrónica.

—¿No echa de menos algún rincón de su casa, su intimidad, su ropa, sus objetos personales? —insistí.

—A veces tengo ganas de volver —respondió, parpadeando de inquietud—, pero entonces me acuerdo de Alicia y de *Rocco* y pienso en el silencio que habrá en la casa. Ya le he dicho que no me gusta el silencio. Me hace sentir vulnerable, como si todo el mundo pudiera escuchar mis pensamientos. Prefiero vivir en Top-Mall.

—No puede seguir viviendo en unos grandes almacenes —dije con firmeza.

—¿Por qué no? Soy un cazador-recolector y vivo en el lugar donde está mi alimento, como han hecho mis ancestros durante miles de años.

—Hay muchas más cosas en la vida aparte del alimento.

—Lo sé, pero resulta que todo está en Top-Mall: el ocio, las relaciones sociales, las bebidas espirituosas, la música. En Top-Mall nunca hace frío ni calor. La temperatura se mantiene estable a veintitrés grados y la humedad al treinta por ciento. Nunca llueve. Si quiero tomar el aire, puedo salir a una terraza que hay en la última planta del edificio. Por la noche salgo a ver las estrellas y los planetas. Dispongo de varios telescopios y un montón de libros de astronomía. Cada noche busco un par de objetos del catálogo Messier. He hecho fotografías de todos ellos. Otras noches escucho música clásica. He comenzado el catálogo Bach, que comprende más de mil piezas. Comencé por las cantatas religiosas y actualmente estoy en las misas. —Resopló antes de concluir—. Como ve, no me falta de nada. Top-Mall me proporciona todo lo que necesito.

Luego se quedó en silencio mientras asentía, invitándome a darle la razón, circunstancia que aproveché para tomar una nota: «Si Top-Mall se lo proporciona todo, ¿qué cojones hace usted aquí?».

—Si Top-Mall se lo proporciona todo —dije muy despacio, como si temiera trastabillarme con las palabras—, ¿qué..., esto..., qué hace usted aquí?

Él no respondió.

—Supongo que en Top-Mall no hay psicólogos —añadí—, ¿no es así?

Sonreí con amabilidad, pero él no me correspondió. Frunció el ceño y se quedó pensativo, como si estuviera decidiendo qué hacer. Lo mismo podía echarse a llorar que levantarse y marcharse de mi consulta dando un portazo.

—Es cierto —admitió—, en Top-Mall no hay servicios médicos. Hace poco tuve problemas con una muela y me vi obligado a salir del edificio por primera vez, aunque busqué el dentista más cercano posible. Otro día tuve problemas digestivos, pero lo resolví en la sección de parafarmacia con unas pastillas de anís estrellado. A veces no duermo bien y debo tomar un poco de ginebra con hielo y unas gotas de limón antes de acostarme, todo del supermercado.

—Pero no hay psicólogos —repetí.

Él negó con la cabeza.

—En cierto modo, sí los hay —dijo, contradiciendo su gesto—. Todos somos un poco psicólogos, ¿no le parece? Alguien, un compañero de trabajo o un amigo, nos cuenta un problema y le quitamos importancia de inmediato, desplegamos nuestra empatía y nos ofrecemos para ayudarle. ¿No es esa la función de un psicólogo?

—No creo —respondí—. Esa es la función de un compañero de trabajo o de un amigo.

—Es lo mismo —reiteró él—, con la diferencia de que el compañero de trabajo o el amigo no te cobra por la empatía y, si te da consejos, lo hace pensando en tu entorno, no solo en ti mismo.

Cerré el cuaderno y lo dejé sobre la mesa.

—¿Qué pretende decirme? —pregunté, recostándome contra el respaldo de mi sillón.

Él inspiró profundamente antes de contestarme.

—Alicia acudió a la consulta de un psicólogo —dijo.

—¿Cómo lo sabe?

—Ella misma me lo contó. No sabía qué hacer con su vida y decidió pedir ayuda.

—¿Y qué pasó?

—El psicólogo le aconsejó marcharse de Occidente.

—Los psicólogos no damos consejos —respondí sin inmutarme—. Tan solo ayudamos al paciente a encontrar su propio camino.

—Este tipo fue más lejos.

—¿Cómo sabe que es un hombre?

—Ella lo llamaba así: el psicólogo.

De nuevo pasamos unos segundos sosteniéndonos la mirada.

—¿Cómo ha venido hasta aquí? —pregunté.

—En taxi —respondió él.

—Mi consulta está bastante lejos del centro. ¿Por qué me ha elegido a mí? Hay psicólogos más cerca de Top-Mall.

Él se levantó de la silla, se acercó a la pared más cercana y apoyó en ella la frente. Parecía estar cumpliendo alguna clase de penitencia.

—Tengo algo que confesar —dijo, volviéndose hacia mí.

Y me obligó a ponerme en guardia. Era evidente que me había descubierto, así que podía estar en peligro. Dudé entre seguir sentado o levantarme. ¿Debía coger la grapadora de encima de la mesa para armar el puño con más contundencia?

—No puedo seguir viviendo en Top-Mall —dijo él.

—¿Ya no le proporciona todo lo que necesita?

—Ya no —respondió negando.

—¿Qué ha pasado?

—Alicia ha vuelto de su viaje por Oriente y ha sido readmitida en su puesto de analista de consumo, en la misma planta que yo. No quiero verla cada día en el ascensor. No sé cómo explicarlo. Creo que no puedo trabajar donde está ella ni vivir donde no está. Por eso he venido a su consulta, porque no sé adónde ir.

Decidí levantarme para hacer la pregunta.

—Dígame de una vez por qué me ha elegido a mí para ayudarlo.

Él volvió a mirarme como lo habría hecho el mismo *Rocco,* sin comprender mi comportamiento. Me acerqué a él lo suficiente para que pudiera pegarme un puñetazo, si era lo que pretendía. No podía seguir soportando la tensión que había entre nosotros.

—Una compañera de trabajo me habló de usted —dijo él, volviendo a sentarse—. ¿Sabe de quién le hablo?

Asentí, derrotado, mientras pensaba en cómo hacerle comprender que mis intenciones y mi forma de actuar habían sido exclusivamente profesionales, pero él no me permitió hablar.

—Es una de las ejecutivas de la última planta —añadió—. Ni siquiera sé cómo se llama. Siempre está mirándose en los espejos, sobre todo cuando subimos en el ascensor. Una vez la pillé besándose apasionadamente con su reflejo y me confesó que venía a verle a usted. Me dio esto. Mire.

Era mi tarjeta profesional.

—Desde entonces la llevo en mi cartera, como un seguro de vida.

Mi *show*

La mayoría de los animales apenas cambia de aspecto físico al envejecer. Alcanzan la edad adulta en pocos meses y, salvo pequeños deterioros en la dentadura o el pelo, mantienen su cuerpo inalterado hasta la muerte.

Mismís ha disfrutado ya de la mitad de su vida y tiene más o menos el mismo aspecto que cuando tenía un año. Yo no. El tiempo elimina el colágeno de mi piel y el pelo de mi cuero cabelludo, atrofia mis articulaciones, dificulta mis movimientos y, con el tiempo, puede llegar a encoger mi columna vertebral, por no hablar de otras disfunciones. Quizá la diferencia entre *Mismís* y yo resida en que su esperanza de vida es de apenas veinte años y la mía de ochenta, aunque no hay que olvidar que algunas tortugas viven doscientos años con una morfología prácticamente intacta.

Me pregunto si esta diferencia entre los dos se debe al cerebro sobredimensionado de los humanos. Es posible que el deterioro físico sea la manera en que nuestro supercerebro revela su verdadera edad al resto de la naturaleza, más como una estrategia defensiva que como una afrenta.

El joven se sentó frente a mí con la mirada perdida y comenzó a moverse en la silla con el vaivén pendular de un metrónomo. Siempre iba vestido de amarillo, pero esta vez se había teñido el cabello de un rubio casi fluorescente, para completar su monocromía.

—El rabito de la eñe se denomina virgulilla —dijo muy serio—. Sirve para indicar la nasalización o velarización de la consonante sobre la que va escrita y se usa en muchas lenguas, no solo en el castellano.

Hablaba mientras se mordisqueaba los nudillos.

—Hace mucho tiempo que no venías por aquí —comenté.

Sufría un trastorno del espectro autista y requería la atención de varios especialistas médicos.

—He venido porque no me gustan los barrenderos —dijo él.

—¿No? ¿Por qué no?

—Rocían agua a presión por las calles y lo dejan todo lleno de charcos, como si hubiera llovido. Los barrenderos son nubes de lluvia con bandas reflectantes en los pantalones.

—¿Y eso qué tiene que ver contigo?

—No me gusta llevar los pies mojados. Cada vez

que paso por una calle recién regada y piso una baldosa suelta, me mojo los zapatos. A veces también los calcetines.

Se los señaló innecesariamente, tal vez para mostrar que también eran amarillos.

—De acuerdo —dije, sin tomar ninguna nota.

—Tampoco me gustan las sierras radiales.

—¿Las sierras radiales?

Hizo un ruido agudo usando la letra «i» para imitar el sonido de un motor eléctrico.

—Hacen un ruido insoportable y lo llenan todo de polvo. Cuando voy por la calle y veo una sierra radial, me cambio de acera o me doy la vuelta. No quiero que mis pulmones se llenen de polvo. El polvo es materia en suspensión, un veneno para el cuerpo.

«El paciente detesta envenenarse», anoté.

—Tampoco me gusta detenerme en las islas para peatones que hay en mitad de las grandes avenidas. Me siento muy inseguro en medio del tráfico. Un simple roce entre los vehículos podría acabar en un atropello, quién sabe si mortal. No me gusta exponerme.

—Está bien, ¿algo más?

—No me gusta viajar en ascensor.

—¿Viajar en ascensor? —repetí, sorprendido por el verbo que había elegido.

—Ni hacia arriba ni hacia abajo —precisó.

«¿Y de derecha a izquierda?», anoté.

—No me importaría hacerlo si fuera yo solo, pero

los ascensores tienen memoria, como los seres vivos dotados de conciencia, y van deteniéndose en los distintos pisos para dejar y recoger pasajeros. No me gusta que la gente se aproxime a mí.

—¿Por qué no?

—Porque no me gusta oler a los demás.

Negó con las manos.

—No es porque huelan bien o mal —matizó—. No es eso. El olor contiene partículas de la materia que lo provoca, de modo que oler a un semejante es un acto de canibalismo.

Emití una breve carcajada.

—Tú sabes perfectamente que eso no es así —dije, tratándolo como a un viejo amigo.

—¿De qué cree que se componen los olores? —respondió él—. ¿Acaso piensa que el aroma de una flor no es parte de su anatomía o su fisiología?

—Por supuesto que sí —contesté—, pero eso no significa que oler una flor sea una forma de comérsela.

—No es un acto de deglución, pero sí de inhalación. Si hueles una flor, hay una parte de ella que entra en tus pulmones y llega a tu sangre. Si hueles a un semejante, una parte de él entra en tu organismo y forma parte de ti.

—Permíteme tomar una nota —le pedí.

«No le gusta pisar charcos, no le gusta respirar el polvo de las obras públicas, no le gusta viajar en ascensor ni el olor de los semejantes: qué existencia más aburrida.»

—Las palabras «ecuatoriano» y «aeronáutico» tienen exactamente las mismas letras solo que en distinto orden —murmuró él.

Era evidente que se había aficionado a las curiosidades del léxico, quién sabe si porque ya se había cansado de practicar otros pasatiempos que figuraban en mis notas.

—¿Ya no viajas a través de Google Maps? —le pregunté.

Él se miró de arriba abajo antes de asentir.

—Estoy recorriendo a pie la isla de Tasmania —dijo—. He comenzado por el extremo noroccidental, partiendo de Smithton, y pienso regresar al mismo lugar después de recorrer en cuarenta días Ansons Bay, Swansea, Hobart y Strahan a una media de treinta y cinco kilómetros diarios.

Asentí con naturalidad, como si recorrer a pie la isla de Tasmania usando Google Maps fuera una actividad normal.

—Además —añadió—, colecciono curiosidades sobre la lengua castellana.

Y me puso otro ejemplo.

—En el término «aristocráticos» cada letra aparece repetida dos veces.

—¿Por qué me cuentas todo eso?

—Usted me ha preguntado.

—Me refiero a lo de los barrenderos, las sierras, las islas para peatones y los ascensores.

—Porque estaba equivocado —dijo, poniéndose serio—. Hace tiempo llegué a la conclusión de que Murphy, el de las leyes, era Dios. No sé si se acuerda.

—Lo recuerdo muy bien —respondí.

Había llegado a la conclusión de que las leyes de Murphy, con sus caprichos y casualidades para complicarlo todo, regían el universo entero, de manera que su inventor debía de ser el demiurgo creador.

—Pues no es así —rechazó—. Dios no es Murphy.

—¿Seguro?

—Segurísimo, Dios es Christof.

—¿Quién?

—Christof, el productor que emite la vida de Truman. No sé si ha visto la película.

Hice memoria.

—¿Te refieres a *El show de Truman*? —dije.

—Es una película estadounidense de 1998 dirigida por Peter Weir y escrita por Andrew Niccol, ¿la ha visto?

—Claro —asentí—, es una película muy popular.

—La vida de Truman se emite en directo por televisión. Él sospecha que algo extraño sucede cuando comienza a analizar los algoritmos que se repiten a su alrededor. ¿Usted sabe lo que es un algoritmo?

Suspiré una sola vez.

—Lo sé, lo sé —dije repasando mi cuaderno.

«Un algoritmo puede ser descrito en términos lógicos como una sucesión de reglas que dan un resultado concreto.»

—Hay muchos algoritmos a nuestro alrededor —dijo él, señalando las paredes de mi consulta—, la mayor parte de origen natural. El día y la noche, las estaciones del año, el ciclo del agua, del carbono, del nitrógeno, la fuerza de la gravedad, la inercia, la energía... El mundo está diseñado mediante patrones algorítmicos. El problema es detectar algoritmos donde no debería haber más que simple aleatoriedad. Y eso es lo que le sucede al protagonista de *El show de Truman*. Es una profecía del mundo.

—¿Por qué dices eso?

—Porque yo también estoy protagonizando un *show* de Truman.

«Los autistas nunca hablan en sentido figurado», me recordé a mí mismo.

—Explícate, por favor —le pedí.

—El verbo de la segunda conjugación «reconocer» se lee igual de izquierda a derecha que de derecha a izquierda.

—Me refiero a lo de Truman —tuve que insistir.

—Christof es Dios y dirige mis pasos.

—¿Cómo?

—Si deseo ir por la acera de la derecha, pero Christof quiere que vaya por la izquierda, pone a sus barrenderos y sus mangueras en la acera de la derecha y me obliga a ir por la izquierda. —Me miró sin expresión alguna en el rostro—. Ocurre constantemente. Si Christof no moviliza a los barrenderos a tiempo, usa otros recursos, como las sierras radiales o el tráfico, y logra desviar mis pasos hacia la acera de la izquierda, tal como pretende.

Sabía que no había terminado, pero decidí interrumpirlo.

—¿Y Christof por qué quiere que vayas por una acera o por otra?

Él se encogió de hombros.

—Lo ignoro por completo —dijo—. Christof dirige mis pasos, pero no sé adónde me lleva. El verbo «oía» está formado por tres letras, además vocales, que forman tres sílabas. Resulta inconcebible. Si voy a cruzar una avenida, Christof envía un desfile de automóviles en ambas direcciones para que me dé la vuelta. Si decido subir en ascensor, lo llena de gente, pero si subo por las escaleras, el ascensor se queda vacío.

«Christof sabe cómo divertirse», anoté en mi cuaderno, mientras mi paciente abría los brazos para anunciar una conclusión.

—Murphy no rige el mundo con sus leyes sobre la fatalidad de las casualidades —dijo—. El regidor del mundo es Christof y el objeto de su regiduría soy yo.

Y volvió a mirarme sin expresión.

—¿Cuándo te diste cuenta de todo eso? —pregunté.

—Después de ver la película sobre Truman, por supuesto —respondió, moviendo las cejas de incredulidad—. ¿Cuándo si no?

Parecía estar hablando consigo mismo.

—Solo es una película —dije yo.

—Ninguna película es solo una película —repuso él—. Y esta en concreto tuvo la virtud de convencerme por completo.

Asintió varias veces.

—Hacía tiempo que sospechaba algo —añadió—. Qué casualidad, me decía a mí mismo, cada vez que voy a cruzarme de acera los barrenderos me lo impiden. Qué casualidad, la caja que elijo para pagar en el supermercado siempre está a punto de cerrar. Qué casualidad, la puerta giratoria está en movimiento hasta que voy a cruzar su umbral y se detiene. Qué casualidad, el tranvía arranca justo cuando llego a la parada. Qué casualidad, llueve cuando salgo de casa y deja de llover cuando llego a mi destino. Qué casualidad, solo hace viento cuando decido pasear.

—De acuerdo, de acuerdo —dije para detener su incontinencia verbal.

Sus argumentos podían justificar tanto las leyes de Murphy como esa especie de complot personalizado que se cuenta en *El show de Truman*. Mi obligación era ayudarle a razonar.

—Voy a hacerte unas preguntas —le dije.

—La palabra «cinco» está formada justamente por cinco letras —respondió él, asintiendo—, algo que no sucede con ningún otro vocablo que designe números.

Traté de no distraerme.

—¿Crees que tu vida se está emitiendo en algún canal de televisión?

Negó con determinación.

—Si es así —dijo—, no he sido capaz de encontrarlo. Los he rastreado todos y nunca he aparecido. Una vez creí ver el salón de mi casa en la pantalla, pero resultó ser otro lugar. Otra vez, me pareció verme caminando por la calle, pero podría ser otra persona vestida de amarillo.

—¿Dónde crees que están las cámaras?

—Por todas partes, ¿usted no las ha visto? Hay cámaras en los teléfonos móviles, en los ordenadores portátiles, en los coches, en las calles, en los edificios públicos, en las tiendas y en los bancos.

—¿Por qué crees que Christof te ha elegido para protagonizar el *show*?

—Eso tendría que preguntárselo a él.

—¿Te sientes distinto a los demás?

—Me siento único —respondió con cara de asombro—. Es probable que Christof me haya elegido por eso.

—¿Sabes lo que es una experiencia subjetiva?

—No, pero sé que la palabra «monopsonio» designa un tipo de mercado en el que hay un solo comprador.

—La subjetividad —dije— es la propiedad de percibir algo desde el punto de vista del sujeto. Por el contrario, la objetividad se basa en puntos de vista intersubjetivos y por tanto verificables por distintos sujetos.

—No entiendo —contestó llevándose los nudillos a la boca.

—Tu experiencia es completamente subjetiva —le expliqué—. Si Christof te ha elegido, es porque tú piensas en él, lo que significa que has sido tú quien lo ha elegido a él.

Siguió con los nudillos a la boca y comenzó a acunarse emitiendo un murmullo cadencioso. Ahora sí parecía un metrónomo.

—«Mil» es el único nombre de número que no contiene ni la letra «o» ni la letra «e» —dijo—. Quizá eso tenga que ver con la subjetividad.

No supe si debía asentir o negar.

—Hay quien sugiere que Christof significa «Christ off», que podría traducirse como «Anti-Cristo» —continuó diciendo—. El plató donde vive Truman es el paraíso, Truman es Dios y Christof es el demonio. Otros creen que Truman significa «hombre verdadero» y Christof es Dios. Hay quienes comparan la película con un ensayo titulado *Utopía,* escrito en 1516 por Tomás Moro o Thomas More.

«No puedo creer que sepa todas esas cosas sobre una película», anoté en mi cuaderno.

—La palabra más larga de la lengua española es «electroencefalografista», que contiene veintitrés letras —dijo él.

«Eso tampoco puedo creerlo.» No sabía qué me asombraba más: si su capacidad analítica o su portentosa memoria.

—Si no recuerdo mal —dije después de reflexionar

un poco—, Truman vivía en un decorado urbano mientras que Christof lo hacía en la sala de realización de un estudio de televisión.

Mi paciente asintió.

—Tú vives en la misma ciudad que yo —añadí—, y te aseguro que no se trata de ningún decorado de televisión.

Él continuó asintiendo.

—Yo vivo en un decorado en dos dimensiones que también puede verse en tres dimensiones e incluso puede rastrearse con la función de Street View.

—¿Me estás hablando de Google Maps?

Mi paciente volvió a enseñarme los calcetines.

—Soy el hombrecillo amarillo de Google Maps.

—¿Eres quién?

—¿Nunca ha usado la función de Street View? Pues yo soy Pegman, el hombrecillo amarillo que da acceso a las calles de casi todas las ciudades del mundo.

—¿Quieres decir que Google Maps es el escenario que usa Christof para monitorizar tu vida?

Mi paciente abrió los ojos para asentir, incapaz de creer que alguien fuera capaz de comprender lo que le sucedía. Yo me levanté para servirle un vaso de agua. Y quizá para preguntarme si realmente comprendía lo que le sucedía.

—Christof no puede estar detrás de Google Maps —dije, cuando volví a sentarme.

—¿Por qué no? —replicó él—. Alphabet Inc., la

empresa matriz de Google LLC, es una de las grandes compañías tecnológicas del mundo. ¿Por qué no iba a estar dirigida por Christof?

—Porque Christof es un personaje de ficción.

—Dios también es un personaje de ficción.

—El problema es que Alphabet y Google no son empresas de ficción. Son reales.

—Pero Google Maps no lo es.

—Google Maps es una cartografía fotografiada del planeta.

—Yo habría dicho una fotografía cartografiada.

—Es lo mismo —dije conteniéndome para no resultar grosero—, una foto.

—Puede decir una puta foto, si lo desea —precisó mi paciente.

Y me hizo sonreír.

—La cuestión es que, igual que le sucede a Truman, yo también quiero salir del mundo cartografiado de Google Maps. Me siento un prisionero de la calle, un muñeco que cualquiera puede poner en cualquier parte, da igual que sea en una ciudad del ecuador o del trópico, tanto en el hemisferio norte como en el sur. No puedo soportarlo y quiero liberarme.

—No sé cómo podría ayudarte a hacer una cosa así.

—Usted es un médico que cuida del cerebro.

Emití un murmullo irónico, como quien se ríe de su destino.

—Yo no soy un médico del cerebro —dije sin intenciones divulgativas—, sino de la conducta.

Él juntó las manos, como si fuera a rezar.

—La conducta es la expresión del cerebro —dijo—, como un lenguaje de gestos y acciones, así que usted es un médico del cerebro. Y, puesto que en el cerebro reside el concepto de infinitud de Dios, puede decirse que usted es el médico de la eternidad celestial, una vez admitido que Google Maps está dirigido por el demiurgo creador.

Negué mientras tomaba una nota: «Si esa posibilidad se confirma, debo revisar mis honorarios de inmediato».

—Con nueve letras —añadió él—, «menstrual» es el vocablo de dos sílabas más largo de nuestra lengua.

Y se recostó en la butaca a la espera de mis palabras. Ignoro si pretendía escuchar una opinión, un diagnóstico o una terapia. Daba igual. No tardé mucho en responder.

—¿De verdad quieres dejar de ser el hombrecillo de Google Maps? —pregunté señalándolo con un dedo.

Él asintió varias veces.

—Es lo que más deseo en el mundo.

—¿Has pensado en vestir prendas de otro color? ¿Y en dejar de teñirte el pelo? ¿Has pensado en dejar de mirar el mundo a través de una pantalla?

Él me miró sin pestañear y comenzó a emitir su cadencioso murmullo. Parecía una paloma a punto de batir sus alas y salir volando de mi consulta.

Mi autora: cuarta visita

Los animales no entienden el concepto de la inmortalidad. Para *Mismís* no existe el más allá. Cuando alguien muere, desaparece del presente y punto. Asume la muerte desde un punto de vista racional, sin necesidad de crear extensiones de la vida terrenal ni universos paralelos donde ubicar la inmortalidad.

Miré los grandes ojos de búho que tiene *Mismís*.

—¿Entiendes lo que significa tu propia muerte? —le dije sin mover ni un dedo para evitar que se pusiera a jugar conmigo—. Piénsalo bien. No es que el mundo desaparezca con todos los seres vivos a la vez por culpa de un cataclismo o un desastre natural. No. Es que tú desapareces de un mundo que permanece intacto y sigue su curso exactamente igual que cuando estabas vivo. La muerte es la evidencia de que no somos nada ni nadie, solo tiempo transcurriendo. Tu tiempo se termina mientras los demás seres permanecen vivos e incluso, en el fondo, sienten el alivio de no ser ellos quienes han agotado su tiempo. La muerte del otro es siempre un alivio para el que sobrevive, aunque sienta un duelo insoportable y no pueda dejar de llorar. La naturaleza es así.

Rematé mi sentencia moviendo una mano y, entonces sí, *Mismís* se puso a jugar con ella.

La autora de ficción se sentó en la butaca de los pacientes, dejó su bolso en el suelo y, sin molestarse en pedir permiso, se sirvió un poco de agua.

—¿Por dónde íbamos? —preguntó, como si solo hubieran transcurrido unos minutos desde su visita anterior.

Repasé mis notas.

—Usted había dicho que la realidad no existe, que todo es literatura, que yo era un personaje de ficción y que usted era Dios.

Ella asintió con gravedad divina.

—No solo usted, su gato también es un personaje de ficción.

—¿Perdone?

—*Mismís* no existe. O, mejor dicho, existe igual que usted, en la ficción.

—¿Cómo sabe que mi gato se llama *Mismís*? —Dije eso mientras arrojaba el cuaderno de notas a la mesita que nos separaba como un acto de rendición.

—Me dispongo a escribir un libro de relatos sobre

casos de psicología que tengan algo de extraordinario —confesó ella.

—¿Algo como qué?

—Pues, no sé, un tipo que adora las formas geométricas que los objetos dejan en la piel, un par de gemelos idénticos que se enamoran de la misma mujer, una persona que encuentra desconocidos en los espejos, una chica que sueña con su príncipe azul, un científico que vive bajo una montaña y siente claustrofobia fuera de ella, un tipo que vive en unos grandes almacenes, como en un cuento de Félix Romeo... Esa clase de casos.

Di un inevitable respingo en mi butaca.

—Son sus casos profesionales, sí. No se sorprenda —dijo ella—. Recuerde que solo es un personaje de ficción.

—Si esto es una broma —respondí, señalándola con un dedo—, le advierto que no tiene ninguna gracia.

—Está usted en lo cierto —admitió, cabeceando—. La vida es una broma sin ninguna gracia, pura aleatoriedad de sucesos físicos en un entorno bioquímico. Le recuerdo que todo comenzó con una explosión energética. El universo se expande y nosotros solo somos una determinada combinación genética a merced de todos los algoritmos posibles.

Me quedé en silencio, inmóvil y anclado a mi asiento, a salvo de todas esas perversiones físicas y bioquímicas. Ella comenzó a hacer aspavientos con las manos, como si estuviéramos jugando a adivinar títulos de películas.

—La literatura es otra cosa —dijo—, una especie de destilación de la realidad que la purifica y delimita, obviando lo aleatorio e intrascendente que la rodea.

Yo aproveché para recuperar el cuaderno y escribir una nota: «No podré cobrar la consulta si para esta señora solo soy un suceso aleatorio e intrascendente».

—¿Conoce usted la paradoja del árbol que cae en un bosque inhabitado? —preguntó ella.

La conocía, pero respondí que no.

—¿Hace ruido un árbol cuando cae sin que nadie esté ahí para escucharlo? —añadió sin esperar respuesta—. Más diría. ¿Existe de verdad ese árbol? ¿Existe el bosque si nadie puede constatar su existencia?

Por no cambiar de actitud, mantuve mi gesto negativo.

—Solo existe lo que responde a la voluntad de existir —concluyó ella—. Existe lo que se ve, se cuenta o pasa de algún modo por los filtros de la conciencia y de la memoria. El resto es una mera suposición.

Crucé los brazos y suspiré hondo.

—No veo el modo de ayudarla —declaré con sinceridad.

—No necesito su ayuda. No olvide que todo lo que escribo se convierte en realidad. Cuando mi libro de relatos se publique, usted se convertirá en una persona real.

—¿Y usted?

—Yo también. Por eso me he dado un pequeño papel literario en esos relatos.

«Si era eso lo que pretendía, podría haber escrito su autobiografía», pensé.

—Todos mis personajes acabarán existiendo —agregó ella—. Escribiré más relatos y más novelas y poco a poco iré repoblando y enriqueciendo la realidad con gentes y sucesos irrepetibles. Usted tendrá más pacientes. Yo, más lectores. Dios, más acólitos. La tierra, más muertos.

—Usted también morirá algún día —sentencié.

Lo hice para detener esa vehemencia desbocada que parecía conducirla a la inmortalidad.

—Lo sé —asintió convencida—. Yo misma escribiré los detalles de mi propia muerte. De lo contrario nunca sucedería.

—Eso es imposible —repliqué—. Nadie sabe cómo y cuándo va a morir.

—Salvo que narre su propio suicidio.

—¿Qué está diciendo?

No pude evitar un gesto de alarma. El mayor fracaso de un terapeuta es que uno de sus pacientes pierda las ganas de vivir y se suicide.

—Solo hay una forma de saber cómo y cuándo va a morir un ser vivo —prosiguió ella—, y es planeando un suicidio, un asesinato o una ejecución. Es el único modo de oponerse a la aleatoriedad del mundo real.

Comencé a negar con la cabeza, muy despacio.

—También puede asesinarme usted, si lo desea —declaró ella con una sonrisa que parecía obra del mismo demonio—. ¿Nunca ha deseado asesinar a un paciente? Le advierto que podría entenderlo. Reconozco que he llevado algunos de los casos hasta más allá de lo soportable.

Fui a replicar algo, una frase hecha, un refrán, cualquier cosa, pero comprendí que solo lograría tartamudear torpemente, como si quisiera contradecir lo que de verdad pensaba.

—No se preocupe —me tranquilizó ella—. Describiré mi propia muerte a su debido tiempo, cuando haya cumplido mis objetivos vitales, que son muchos. Y con respecto a su desaparición, tampoco se preocupe. No voy a matarlo en ninguna de mis novelas, así que vivirá usted eternamente en la virtualidad de lo literario.

Suspiró una sola vez, poniendo el punto final a su discurso. Luego cogió el bolso del suelo con un movimiento automático y se marchó. Yo continué sentado en mi sillón, inmóvil y en cierto modo ausente, sin poder creer lo que acababa de escuchar. Luego tomé mi cuaderno y comencé a repasar mis casos.

Había entre mis pacientes curiosas coincidencias que retaban la credibilidad de cualquier clase de aleatoriedad, incluso en un universo regido por las leyes de Murphy. ¿Era creíble que la orquesta Ritmo de Noche fuera la conexión entre mi paciente de La Zapatería y la hermana de la bióloga marina? ¿De verdad dos hermanos gemelos podían provocar que una mujer desarrollara una doble personalidad? ¿Era posible que me visitara la informática de los grandes almacenes y su pareja después, recomendado además por mi paciente de los espejos? ¿Era factible que mi autora de ficción hubiera llamado al canal de televisión del Monarca, provocándole un colapso orgánico que terminó en su famoso vómito? ¿Qué posibilidades había de que todo esto hubiera sucedido en la realidad? ¿Significaba acaso que la escritora de ficción me había dicho la verdad? ¿Hay algo de verdad en la ficción? ¿Es la verdad un privilegio de la realidad?

Me quedé mirando mi mesa de trabajo, mi cuaderno de notas, mi ordenador, mi título universitario con las tres palabras que forman mi nombre y mis apellidos. Me pellizqué en un antebrazo. Di una palmada en el silencio de la consulta. Carraspeé. Tarareé unas notas musicales. Llegué a cantar el estribillo de «Go West» de los Pet Shop Boys.

—*Go west, life is peaceful there. Go west, in the open air.*

Solo quería asegurarme de que estaba vivo y era real. ¿Lo era? ¿Está vivo y es real quien aplaude y canta un estribillo de los Pet Shop Boys? ¿Debería haber cantado algo más actual, no sé, de Coldplay o U2?

Quizá alguien estaba escribiendo que yo carraspeaba, que tarareaba y cantaba desde el teclado de un ordenador. Tal vez era mi paciente escritora, precisamente, o alguien que nos había creado a los dos y se lo había inventado todo. Quién sabe si no sería el mismo Dios, ese gran escritor que creó el género humano a su imagen y semejanza, sucumbiendo, él también, al pecado de la autoficción.

En ese momento, el calor de mi cuerpo comenzó a disiparse y todo mi ser desapareció poco a poco, como los reflejos de los espejos cuando la luz se apaga, o como ciertas sombras cuando se enciende, en silencio y sin dejar rastro, esperando encontrar en la inopia de la ficción a mi querido *Mismís*.

Necesitaba escuchar su ronroneo monocorde y acariciar su precioso pelo, lejos de todo lo aleatorio e intrascendente que rodea los hechos reales.

Ese era el fin.

Ocurrencias escuchadas en mi consulta

Los monosílabos son una de las mayores virtudes de nuestro idioma. Ahorran tiempo y economizan recursos lingüísticos. No comprendo cómo la fonética histórica no ha convertido todas las palabras en monosilábicas a lo largo de los siglos.

Las cosas huelen a lo que huelen porque se llaman como se llaman.

Todo lo que forma una sombra grande resulta impresionante.

El ego es el motor del mundo. Todo lo que hacemos está destinado a reclamar la admiración ajena.

Los tallarines y las barbas son incompatibles por una cuestión de longitud: uno de los dos siempre es demasiado largo.

La biología es a veces tan caprichosa como una ciencia paranormal.

La perfección anatómica mejora las competencias psicológicas del individuo que la exhibe, así como de quienes lo rodean.

Los ojos son como los cristales de doble cara que usan los policías en sus interrogatorios. Son capaces de ver sin ser vistos. Por eso es importante saber mirar a los ojos, sosteniendo una mirada anónima sin que se transparenten nuestros verdaderos deseos. Mirar es el arte de ocultar.

A veces, actuamos siguiendo un criterio estrictamente temporal, incapaces de tomar una decisión drástica sobre algo en lo que hemos invertido mucho tiempo.

La rutina es una apisonadora capaz de convertir las tres dimensiones del espacio en solo dos.

No sé quién es, pero alguien tiene que ser. «Todo el mundo tiene que ser alguien.»

La sombra forma parte de nuestro cuerpo. Es un órgano más de nuestra anatomía, tan extenso como la piel.

Este era mi hogar. Una vez leí que el hogar es el lugar adonde uno puede regresar. Y yo regresaba cada día a este lugar.

El amor es solo eso, una cuestión de autoestima. Si alguien te hace sentir bien contigo misma es porque te has enamorado. El único sentimiento que importa es el amor propio.

El verdadero placer no se obtiene con el orgasmo, sino con el sueño que viene después. El sexo es eso, un sueño de placer. La humanidad se reproduce durmiendo.

El tiempo juega siempre a favor de la objetividad: por eso lo acaba curando todo, porque lo objetivo no hace daño a nadie. Solo duele lo subjetivo.

La mayoría de la gente cree que el cielo es un espacio gaseoso que hay sobre nuestras cabezas, pero a mí me parece un abismo insondable por el que puedo precipitarme en cualquier momento para no terminar de caer en toda mi vida.

Todo el mundo sabe que en una casa llena de flores solo suceden cosas felices.

No hay nada más aterrador que la verdad, porque la verdad es incontestable y absoluta, no admite matizaciones ni puede adaptarse a nuestros intereses como las mentiras.

Si en un ascensor nadie habla, la realidad se convierte en una distopía del futuro. En lugar de seres humanos, nos convertimos en robots programados para ir a trabajar.

El alcohol nos desnuda por dentro. Es una bebida en cierto modo pornográfica. El suero de la verdad corporal.

Los humanos somos nuevamente nómadas recorriendo el mundo por motivos de trabajo o simplemente por turismo, sin preocuparnos por las cosechas o por el ganado, dado que recolectamos los alimentos en los supermercados.

Los barrenderos son nubes de lluvia con bandas reflectantes en los pantalones.

El olor contiene partículas de la materia que lo provoca, de modo que oler a un semejante es un acto de canibalismo.

Solo existe lo que responde a la voluntad de existir. Existe lo que se ve, se cuenta o pasa de algún modo por los filtros de la conciencia y de la memoria. El resto es una mera suposición.